1冊の「源氏物語」

光る君のものがたり

紫式部　与謝野晶子

興陽館

源氏の美貌を
世間の人は言い現わすために
光りの君と言った。

——『源氏物語』紫式部／与謝野晶子現代語訳

この一冊で『源氏物語』全五十四帖（巻）が、
まるごとわかります。
「あらすじ＋現代語訳＋原文」という構成で、
重要な話を掲載。
現代語訳と原文をいっしょに楽しめて、朗
読にも最適です。

はじめに
究極の愛の物語『源氏物語』のすべてがわかる！

『源氏物語』は、紫式部の代表作です。

その光かがやく美しさから「**光る君**」**と呼ばれた光源氏**と女性たちとの恋愛関係がとても繊細に、色鮮やかに描かれています。

日本文学史上、いちばん有名な恋愛小説といってもよいでしょう。

ただ、これほど有名なこの『源氏物語』をすべて読んだことがある人は少ないのではないでしょうか。

なにしろ五十四帖（巻）という長さです。

まして難解な古語で書かれています。

読むことがとても高いハードルになっています。

タイトルや主人公の光源氏という名前は聞いたことがあっても、全体の内容については ご存じないという人が多いのではないでしょうか。


そこでこの本です。


この本では五十四帖のあらすじとクライマックス場面を現代語訳と原文で紹介していきます。

原文は紫式部、現代語訳は与謝野晶子の名文になります。

「源氏物語現代語訳ダイジェスト版」です。

あらすじで全体の内容がわかるのとあわせて、現代語訳と原文を通じて、この物語の繊細な描写の魅力を味わってみてください。

2024年には著者の紫式部の生涯がNHKの大河ドラマ『光る君へ』で描かれます。

紫式部の魅力的な生き方とともに、この物語もあらためて注目を浴びることでしょう。

この一冊で日本恋愛小説の最高傑作、『源氏物語』がわかります。

興陽館編集部

『源氏物語』のとても簡単なあらすじ！

『源氏物語』は、平安時代の中頃に紫式部が書いた全五十四帖（巻）の超大作恋愛小説です。

美しい容姿と才能を兼ね備えた光源氏（ひかるげんじ）は多くの女性たちと恋愛を重ねていきます。

桐壺帝（天皇）の子どもに生まれながら、源氏という臣下（家来）の身分に落とされ皇位継承権を失った光源氏が、天皇に准じた待遇を受けるまで復活するストーリーになっています。

物語は三つのパートにわけられます。

第一部は、光源氏を主人公とする三十三帖までです。

光源氏は桐壺帝の子どもとして生まれますが、三歳で実母、桐壺更衣が亡くなってしまいます。その後で、藤壺の宮が義理の母として入内します。

藤壺の宮は源氏の母親・桐壺に顔がそっくりです。

光源氏が藤壺の宮に恋をします。

亡き母の面影を求めて、恋い慕うようになります。

後には、藤壺の宮は光源氏との子どもをもうけてしまいます。

光源氏は他にも、正妻の葵の上や空蝉、夕顔、六条御息所など多くの女性と恋をします。

最終的には藤壺の宮にそっくりな紫の上を最も愛します。

しかし、右大臣（光源氏にとっては政治的に敵対する存在）の娘・朧月夜との関係が発覚し、都から追放され須磨・明石に追われます。

やがて京に戻ると、光源氏と藤壺の宮の子が帝になります。

そして光源氏と明石の君の娘が東宮妃として入内します。

光源氏は准太上天皇という高い位に上りつめます。


第二部とされる三十四帖から四十一帖までは、それまでの光源氏の行いが報いとなって返ってくる因果応報の物語です。

光源氏が兄の朱雀院の娘・女三の宮を正妻として迎えることになります。

しかし、女三の宮は柏木という青年と密通し、彼の子どもを身ごもってしまいます。

一方、最愛の紫の上は病気になります。

光源氏は自分の老いや過去の罪を悟り始めます。そして紫の上が亡くなると、出家を決意します。第二部の最後の帖「雲隠」には本文がありません。

ここでは光源氏が死んだことを示唆しています。

残りの十三帖は光源氏の正妻の女三の宮と柏木という才芸豊かな貴公子の間に生まれた子どもの薫と、光源氏の外孫・匂宮、宇治八の宮の三女・浮舟の三人の間の恋愛模様を描いたものです。

光源氏が死んだ後の子孫たちがメインのお話となります。

『源氏物語』の人物相関図

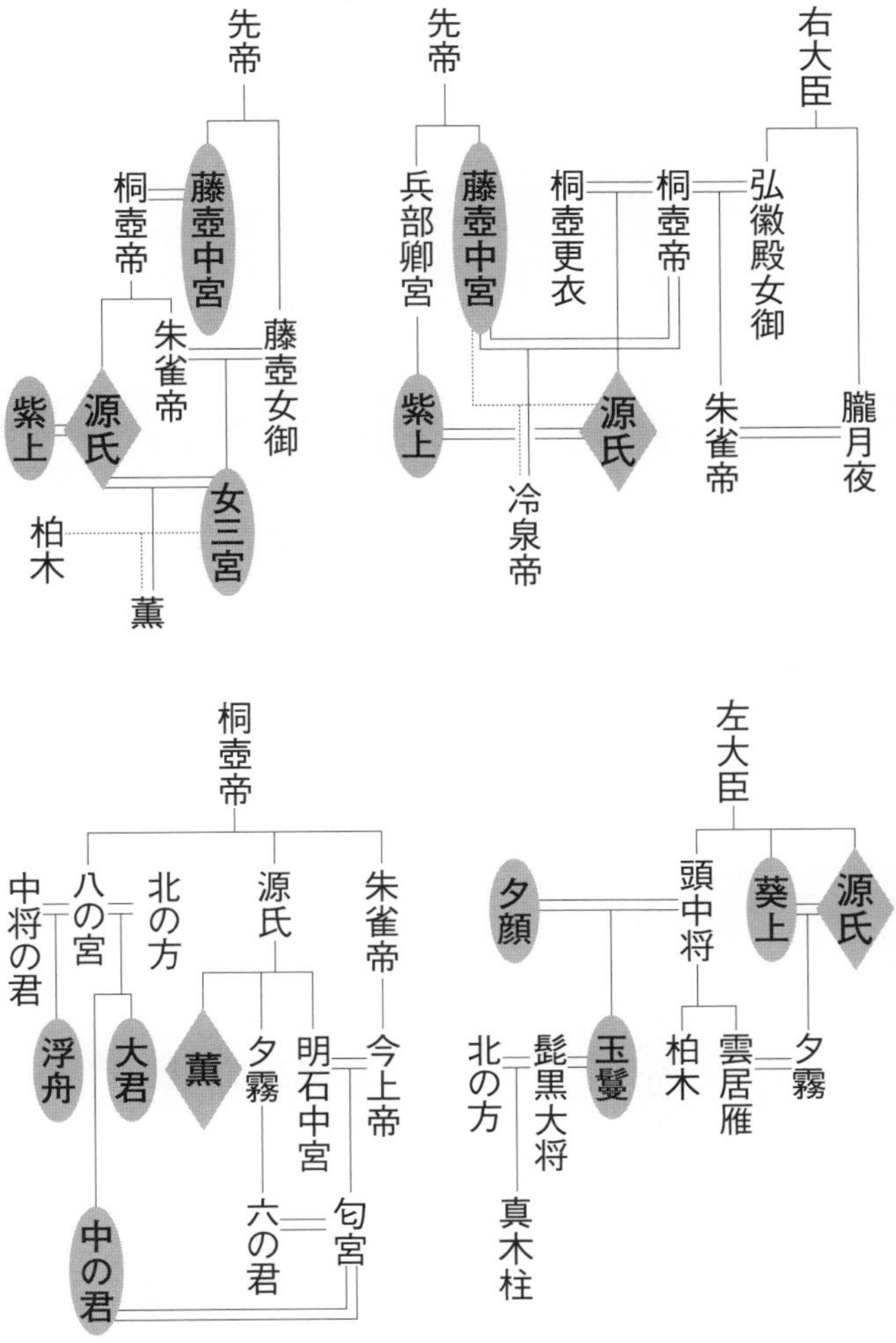

先帝
藤壺中宮
桐壺帝
朱雀帝
藤壺女御
紫上
源氏
女三宮
柏木
薫
先帝
兵部卿宮
藤壺中宮
桐壺更衣
桐壺帝
紫上
源氏
冷泉帝
右大臣
弘徽殿女御
朱雀帝
朧月夜
桐壺帝
中将の君
八の宮
北の方
源氏
朱雀帝
浮舟
大君
薫
夕霧
明石中宮
今上帝
中の君
六の君
匂宮
左大臣
夕顔
頭中将
葵上
源氏
北の方
髭黒大将
玉鬘
柏木
雲居雁
夕霧
真木柱

1冊の源氏物語　光る君のものがたり　目次

第一部　光源氏の誕生、そして青年時代

一帖～三十三帖

第二部

光源氏、老いる

三十四帖〜四十一帖

第三部

光源氏の子供たち

四十二帖〜五十四帖

第一部

光源氏の誕生、そして青年時代

一帖～三十三帖

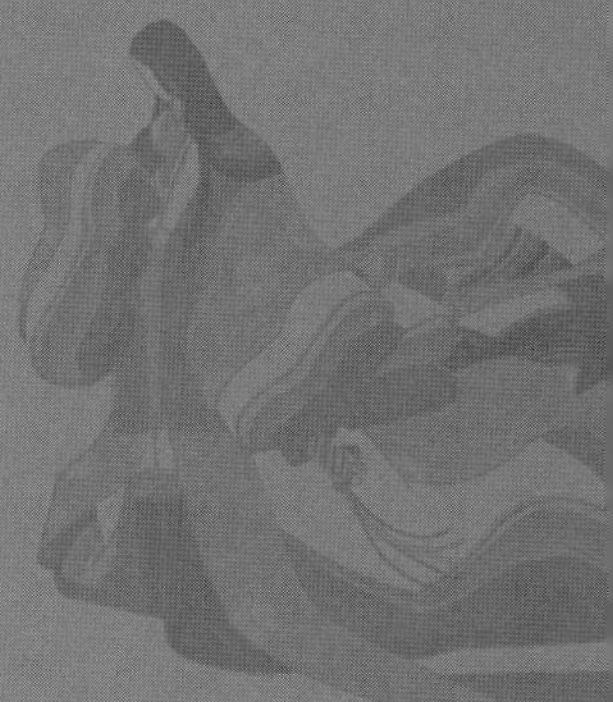

「桐壺（きりつぼ）」のあらすじ——主人公、光源氏が誕生します。

ある帝（桐壺帝）は、特別身分の高い出自ではない女性（桐壺更衣）に深い愛情を抱き、彼女との間に美しい皇子（光源氏）をもうけました。しかし桐壺更衣は、他の女房たちからの嫉妬や嫌がらせが重なったせいか、源氏が三歳の時に病で亡くなってしまいます。

帝は亡くなった桐壺更衣と瓜二つの先帝の皇女（藤壺）を入内させ、彼女を慰めとしました。藤壺は帝の寵愛を受ける一方で、源氏と密かに恋仲になります。帝は源氏を臣籍降下し源姓を与え、左大臣家の娘（葵の上）と結婚させました。彼はその美しさから「光る君」と呼ばれていました。

・源氏（誕生〜十二歳）・藤壺（六〜十七歳）・葵の上（五〜十六歳）

光源氏の母は帝から愛されすぎて嫉妬された

一帖「桐壺」の現代語訳一部　与謝野晶子

どの天皇様の御代（みよ）であったか、女御（にょご）とか更衣（こうい）とかいわれる後宮（こうきゅう）がおおぜいいた中に、最上の貴族出身ではないが深い御愛寵（あいちょう）を得ている人があった。最初から自分こそはという自信と、親兄弟の勢力に恃（たの）む所があって宮中にはいった女御たちからは失敬な女としてねたまれた。その人と同等、もしくはそれより地位の低い更衣たちはまして嫉妬（しっと）の焔（ほのお）を燃やさないわけもなかった。夜の御殿（おとど）の宿直所（とのいどころ）から退（さが）る朝、続いてその人ばかりが召される夜、目に見耳に聞いて口惜（くちお）しがらせた恨みのせいもあったかからだが弱くなって、心細くなった更衣は多く実家へ下がっていがちということになると、いよいよ帝（みかど）はこの人にばかり心をお引かれになるという御様子で、人が何と批評をしようともそれに御遠慮などというものがおできにならない。

御聖徳を伝える歴史の上にも暗い影の一所残るようなことにもなりかねない状態になった。

高官たちも殿上役人たちも困って、御覚醒（かくせい）になるのを期しながら、当分は見ぬ顔をしていたいという態度をとるほどの御寵愛（ちょうあい）ぶりであった。

一帖「桐壺」の原文

◆紫式部◆

いづれの御時にか、女御、更衣あまたさぶらひたまひけるなかに、いとやむごとなき際にはあらぬが、すぐれて時めきたまふありけり。

はじめより我はと思ひ上がりたまへる御方がた、めざましきものにおとしめ嫉みたまふ。同じほど、それより下臈の更衣たちは、ましてやすからず。朝夕の宮仕へにつけても、人の心をのみ動かし、恨みを負ふ積もりにやありけむ、いと篤しくなりゆき、もの心細げに里がちなるを、いよいよあかずあはれなるものに思ほして、人のそしりをもえ憚らせたまはず、世のためしにもなりぬべき御もてなしなり。

上達部、上人なども、あいなく目を側めつつ、「いとまばゆき人の御おぼえなり。……」。

二帖　帚木

「帚木（ははきぎ）」のあらすじ――十七歳の光源氏がライバルの頭中将たちと恋愛について話し合います。また、源氏と人妻である空蝉との不倫が描かれます。

長雨の降るある夏の夜、源氏の宿直所に葵の上の兄であり、源氏のライバルである頭中将が訪れました。頭中将が源氏に贈られてきた恋文を見つけ、話題は女性論になり、そこに左馬頭と藤式部丞が加わり、女性の品定めの話が繰り広げられます。源氏は頭中将が後見のない女性と通じ子までもうけましたが、正妻の嫌がらせを受けいつしか消えてしまったという話を聞きます。源氏は藤壺にますます想いを寄せていきます。

翌日、源氏は紀伊守の別宅を訪れ、紀伊守の父の後妻・空蝉がいることを知ります。その夜、強引に寝所に忍び込みます。その後、空蝉との再会を待ちますが、空蝉はそれに応じませんでした。

・源氏（十七歳）・藤壺（二十二歳）・葵の上（二十一歳）

光源氏は一見真面目な青年だった

二帖「帚木」の現代語訳一部　与謝野晶子

光源氏（ひかるげんじ）、すばらしい名で、青春を盛り上げてできたような人が思われる。自然奔放な好色生活が想像される。しかし実際はそれよりずっと質素（じみ）な心持ちの青年であった。その上恋愛という一つのことで後世へ自分が誤って伝えられるようになってはと、異性との交渉をずいぶん内輪にしていたのであるが、ここに書く話のような事が伝わっているのは世間がおしゃべりであるからなのだ。自重してまじめなふうの源氏は恋愛風流などには遠かった。

好色小説の中の交野（かたの）の少将などには笑われていたであろうと思われる。

梅雨（つゆ）のころ、帝（みかど）の御謹慎日が幾日かあって、近臣は家へも帰らずに皆宿直（とのい）する、こんな日が続いて、例のとおりに源氏の御所住まいが長くなった。

大臣家ではこうして途絶えの多い婿君を恨めしくは思っていたが、やはり衣服その他贅沢（ぜいたく）を尽くした新調品を御所の桐壺（きりつぼ）へ運ぶのに倦（う）むことを知らなんだ。

左大臣の子息たちは宮中の御用をするよりも、源氏の宿直所への勤めのほうが大事なふうだった。

二帖「帚木」の原文

◆紫式部◆

光る源氏、名のみことごとしう、言ひ消たれたまふ咎多かなるに、いとど、かかる好きごとどもを、末の世にも聞き伝へて、軽びたる名をや流さむと、忍びたまひける隠ろへごとをさへ、語り伝へけむ人のもの言ひさがなさよ。さるは、いといたく世を憚り、まめだちたまひけるほど、なよびかにをかしきことはなくて、交野少将には笑はれたまひけむかし。

長雨晴れ間なきころ、内裏の御物忌さし続きて、いとど長居さぶらひたまふを、大殿にはおぼつかなく恨めしく思したれど、よろづの御よそひ何くれとめづらしきさまに調じ出でたまひつつ、御息子の君たちただこの御宿直所の宮仕へを勤めたまふ。

三帖　空蟬

「空蟬（うつせみ）」のあらすじ——光源氏が空蟬の家に忍び込みますが、彼女に見つかり逃げられます。かわりに彼は継娘の軒端荻を抱きます。

源氏は誘いにのらない空蟬に固執します。紀伊守の邸宅を三度目に訪れた源氏は、奔放な若い女（軒端荻（のきばのおぎ））と碁を打つ空蟬を見かけます。源氏は若い女とくらべて見栄えはよくないもののたしなみ深い空蟬に品のよさを感じます。

ある夜、源氏は空蟬の寝所に忍び込みますが、それを察した空蟬は小袿を脱ぎ捨て寝所を抜け出しました。源氏は空蟬と同室で眠っていた軒端荻と情を交わします。

翌朝、源氏は空蟬が脱ぎ捨てた小袿を持ち帰り、歌に思いを託すのでした。小君から歌を渡された空蟬は、源氏の思いに応えられない我が身の情けなさを歌に詠みました。

・源氏（十七歳）・空蟬（不明）

忘れようとしても思うようにならない恋をした

三帖「空蝉」の現代語訳一部　与謝野晶子

眠れない源氏は、

「私はこんなにまで人から冷淡にされたことはこれまでないのだから、今晩はじめて人生は悲しいものだと教えられた。

恥ずかしくて生きていられない気がする」

などと言うのを小君(こぎみ)は聞いて涙さえもこぼしていた。

非常にかわいく源氏は思った。思いなしか手あたりの小柄なからだ、そう長くは感じなかったあの人の髪もこれに似ているように思われてなつかしい気がした。

この上しいて女を動かそうとすることも見苦しいことに思われたし、また真から恨めしくもなっている心から、それきり言(こと)づてをすることもやめて、翌朝早く帰って行ったのを、小君は気の毒な物足りないことに思った。

女も非常にすまないと思っていたが、それからはもう手紙も来なかった。

お憤(おこ)りになったのだと思うとともに、このまま自分が忘れられてしまうのは悲しいという気がした。

それかといって無理な道をしいてあの方が通ろうとなさることの続くのはいやである。

それを思うとこれで結末になってもよいのであると思って、理性では是認しながら物思いをしていた。

三帖「空蝉」の原文　◆紫式部◆

寝られたまはぬままには、「我は、かく人に憎まれてもならはぬを、今宵なむ、初めて憂しと世を思ひ知りぬれば、恥づかしくて、ながらふまじうこそ、思ひなりぬれ」などのたまへば、涙をさへこぼして臥したり。いとらうたしと思す。手さぐりの、細く小さきほど、髪のいと長からざりしけはひのさまかよひたるも、思ひなしにやあはれなり。あながちにかかづらひたどり寄らむも、人悪ろかるべく、まめやかにめざましと思し明かしつつ、例のやうにものたまひまつはさず。夜深う出でたまへば、この子は、いといとほしく、さうざうしと思ふ。

女も、並々ならずかたはらいたしと思ふに、御消息も絶えてなし。思し懲りにけると思ふにも、「やがてつれなくて止みたまひなましかば憂からまし。しひていとほしき御振る舞ひの絶えざらむもうたてあるべし。よきほどに、かくて閉ぢめてむ」と思ふものから、ただならず、ながめがちなり。

「夕顔（ゆうがお）」のあらすじ――光源氏が頭中将の元恋人の夕顔と恋に落ちますが、夕顔は怪異に襲われて急死します。

空蝉に想いを寄せていたころ、源氏は六条御息所の元に忍んで通っていました。そんな折、宮中から六条に向かう途中、源氏は夕顔の咲く家に住む女（夕顔）と知り合います。ちょうど、六条御息所との関係に行き詰まりを感じていた源氏は、夕顔に耽溺していきます。

源氏は、あるとき、夕顔を廃院に連れ出しました。その夜、源氏は誰かに襲われるような夢を見て、目を覚まします。源氏は魔除けをしましたが、正気を失った夕顔はそのまま息を引き取ってしまいます。悲しみにくれる源氏は瘧病（わらわやみ）を患ってしまいます。

その年の秋、病から癒えた源氏は、夕顔の侍女の右近から、実は夕顔は頭中将との間に子まで成した女であったことを聞かされるのでした。

・源氏（十七歳）・夕顔（十九歳）

夕顔の咲く家の女に恋をする

四帖「夕顔」の現代語訳一部　与謝野晶子

源氏が六条に恋人を持っていたころ、御所からそこへ通う途中で、だいぶ重い病気をし尼になった大弐の乳母を訪ねようとして、五条辺のその家へ来た。乗ったままで車を入れる大門がしめてあったので、従者に呼び出させた乳母の息子の惟光の来るまで、源氏はりっぱでないその辺の町を車からながめていた。惟光の家の隣に、新しい檜垣を外囲いにして、建物の前のほうは上げ格子を四、五間ずっと上げ渡した高窓式になっていて、新しく白い簾を掛け、そこからは若いきれいな感じのする額を並べて、何人かの女が外をのぞいている家があった。高い窓に顔が当たっているその人たちは非常に背の高いもののように思われてならない。どんな身分の者の集まっている所だろう。風変わりな家だと源氏には思われた。

四帖「夕顔」の原文 ◆紫式部◆

六条わたりの御忍び歩きのころ、内裏よりまかでたまふ中宿に、大弐の乳母のいたくわづらひて尼になりにける、とぶらはむとて、五条なる家尋ねておはしたり。

御車入るべき門は鎖したりければ、人して惟光召させて、待たせたまひけるほど、むつかしげなる大路のさまを見わたしたまへるに、この家のかたはらに、桧垣といふもの新しうして、上は半蔀四五間ばかり上げわたして、簾などもいと白う涼しげなるに、をかしき額つきの透影、あまた見えて覗く。立ちさまよふらむ下つ方思ひやるに、あながちに丈高き心地ぞする。

いかなる者の集へるならむと、やうかはりて思さる。

五帖　若紫

「若紫（わかむらさき）」のあらすじ――光源氏が初恋の相手である義母の藤壺を妊娠させます。藤壺の姪である美少女の若紫を引き取ります。

源氏は十八歳の春、瘧病（わらわやみ）に苦しんでいました。加持を受けに北山の聖のもとを訪ね、その夕暮れに由緒ある僧都の家で可愛らしい少女（紫の上）を垣間見ます。その少女は源氏が恋する藤壺の宮に生き写しでした。

源氏は、病から復活し、下山した後も少女に固執します。

そのころ、源氏は藤壺の宮に仕える王命婦を頼りに、藤壺と逢瀬を持ちます。そして、藤壺は懐妊し、源氏は藤壺への思いをますます強めるのでした。

・源氏（十八歳）・葵の上（二十二歳）・藤壺（二十三歳）

病気をなおしに僧に会いにいく

五帖　「若紫」の現代語訳一部　与謝野晶子

源氏は瘧病（わらわやみ）にかかっていた。いろいろとまじないもし、僧の加持（かじ）も受けていたが効験（ききめ）がなくて、この病の特徴で発作的にたびたび起こってくるのをある人が、

「北山の某（なにがし）という寺に非常に上手（じょうず）な修験僧（しゅげんそう）がおります、去年の夏この病気がはやりました時など、まじないも効果（ききめ）がなく困っていた人がずいぶん救われました。病気をこじらせますと癒（なお）りにくくなりますから、早くためしてごらんになったらいいでしょう」こんなことを言って勧めたので、源氏はその山から修験者を自邸へ招こうとした。

「老体になっておりまして、岩窟（がんくつ）を一歩出ることもむずかしいのですから」

僧の返辞（へんじ）はこんなだった。

「それではしかたがない、そっと微行（しのび）で行ってみよう」

こう言っていた源氏は、親しい家司（けいし）四、五人だけを伴って、夜明けに京を立って出かけたのである。

五帖「若紫」の原文

◆紫式部◆

瘧病にわづらひたまひて、よろづにまじなひ加持など参らせたまへど、しるしなくて、あまたたびおこりたまひければ、ある人、「北山になむ、なにがし寺といふ所に、かしこき行ひ人はべる。去年の夏も世におこりて、人びとまじなひわづらひしを、やがてとどむるたぐひ、あまたはべりき。ししこらかしつる時はうたてはべるを、とくこそ試みさせたまはめ」など聞こゆれば、召しに遣はしたるに、「老いかがまりて、室の外にもまかでず」と申したれば、「いかがはせむ。いと忍びてものせむ」とのたまひて、御供にむつましき四、五人ばかりして、まだ暁におはす。

六帖　末摘花

「末摘花」のあらすじ——光源氏はライバルの頭中将と競いながら常陸宮の姫君を手に入れますが、彼女は容姿が劣っていました。

源氏は夕顔のことが忘れられませんでした。そんなとき、乳母子の大輔命婦から、故常陸宮の姫君（末摘花）のことを聞きます。その姫は汚れた住まいで、琴を弾いて暮らしているとのことで、姫に興味を持った源氏は、さっそく常陸宮邸を訪れ、琴の音を聞きました。

一向になびいてこない姫に、苛立ちをおぼえた源氏は命婦に手引きをさせて強引に姫と契りを結びますが、姫の風情のなさに落胆するのでした。

・源氏（十八〜十九歳）・末摘花（不明）

光源氏は一度でも関係を作った女を忘れることはなかった

六帖　「末摘花」の現代語訳一部　与謝野晶子

源氏の君の夕顔を失った悲しみは、月がたち年が変わっても忘れることができなかった。左大臣家にいる夫人も、六条の貴女(きじょ)も強い思い上がりと源氏の他の愛人を寛大に許すことのできない気むずかしさがあって、扱いにくいことによっても、源氏はあの気楽な自由な気持ちを与えてくれた恋人ばかりが追慕されるのである。どうかしてたいそうな身分のない女で、可憐(かれん)で、そして世間的にあまり恥ずかしくもないような恋人を見つけたいと懲りもせずに思っている。少しよいらしく言われる女にはすぐに源氏の好奇心は向く。さて接近して行こうと思うのにはまず短い手紙などを送るが、もうそれだけで女のほうからは好意を表してくる。冷淡な態度を取りうる者はあまりなさそうなのに源氏はかえって失望を覚えた。

六帖「末摘花」の原文 ◆紫式部◆

思へどもなほ飽かざりし夕顔の露に後れし心地を、年月経れど、思し忘れず、ここもかしこも、うちとけぬ限りの、気色ばみ心深きかたの御いどましさに、け近くうちとけたりしあはれに、似るものなう恋しく思ほえたまふ。

いかで、ことことしきおぼえはなく、いとらうたげならむ人の、つつましきことなからむ、見つけてしがなと、こりずまに思しわたれば、すこしゆゑづきて聞こゆるわたりは、御耳とどめたまはぬ隈なきに、さてもやと、思し寄るばかりのけはひあるあたりにこそ、一行をもほのめかしたまふめるに、なびききこえずもて離れたるは、をさをさあるまじきぞ、いと目馴れたるや。

七帖　紅葉賀

「紅葉賀(もみじのが)」のあらすじ――桐壺帝と藤壺の子が産まれますが、実はそれは光源氏との子どもでした。

宮中では、身重の藤壺を気遣い、試楽が催されました。源氏は頭中将と青海波を舞い賞賛されますが、藤壺は物憂げで少し褒めただけでした。

出産のため三条宮に退出した藤壺は、さらに源氏を遠ざけるのでした。そのせいで、源氏の思いは藤壺に似ている紫の上に向けられていきます。このため葵の上との仲はいっそう遠くなっていきました。

藤壺が産んだ子どもは、まるで源氏の生き写しでした。その皇子を前にして、藤壺は驚きますが、事実を知らない帝は皇子の誕生を手放しで喜びました。

・源氏（十八～十九歳）・葵の上（二十二～二十三歳）・藤壺（二十三～二十四歳）

人間界のこととは思われなかった

七帖「紅葉賀」の現代語訳一部　与謝野晶子

日暮れ前になってさっと時雨（しぐれ）がした。空もこの絶妙な舞い手に心を動かされたように。

美貌の源氏が紫を染め出したころの白菊を冠（かむり）に挿（さ）して、今日は試楽の日に超（こ）えて細かな手までもおろそかにしない舞振りを見せた。終わりにちょっと引き返して来て舞うところなどでは、人が皆清い寒気をさえ覚えて、人間界のこととは思われなかった。物の価値のわからぬ下人（げにん）で、木の蔭（かげ）や岩の蔭、もしくは落ち葉の中にうずもれるようにして見ていた者さえも、少し賢い者は涙をこぼしていた。承香殿（じょうきょうでん）の女御を母にした第四親王がまだ童形（どうぎょう）で秋風楽をお舞いになったのがそれに続いての見物（みもの）だった。この二つがよかった。あとのはもう何の舞も人の興味を惹（ひ）かなかった。ないほうがよかったかもしれない。

七帖「紅葉賀」の原文

◆紫式部◆

日暮れかかるほどに、けしきばかりうちしぐれて、空のけしきさへ見知り顔なるに、さるいみじき姿に、菊の色々移ろひ、えならぬをかざして、今日はまたなき手を尽くしたる入綾のほど、そぞろ寒く、この世のことともおぼえず。もの見知るまじき下人などの、木のもと、岩隠れ、山の木の葉に埋もれたるさへ、すこしものの心知るは涙落としけり。

承香殿の御腹の四の御子、まだ童にて、秋風楽舞ひたまへるなむ、さしつぎの見物なりける。これらにおもしろさの尽きにければ、こと事に目も移らず、かへりてはことざましにやありけむ。

「花宴（はなのえん）」のあらすじ——深夜に宮中で光源氏と朧月夜は恋に落ちます。

源氏が二十歳の春、宮中で花宴が催され、源氏は優れた漢詩や美しい舞を披露します。宴の夜も更け、源氏は藤壺にどうしても会いたいと思い、御殿のあたりをうろうろしましたが、どの扉も閉まっていました。たまたま近くの弘徽殿に立ち寄ったところ、扉は開いていて、中から若く美しい声が聞こえてきます。

源氏はその若い姫君と契りを交わします。明け方に扇を取り交わして別れたその姫君は、東宮への入内が決まっている右大臣の六の君、朧月夜でした。朧月夜は、桐壺帝の正妻である弘徽殿女御の妹でもありました。

・源氏（二十歳）・藤壺（二十五歳）・朧月夜（不明）

光源氏は名前も知らない女と思いがけなく関係を結ぶ

八帖「花宴」の現代語訳一部　与謝野晶子

殿上(てんじょう)の役人たちももう寝(やす)んでしまっているこんな夜ふけにもし中宮へ接近する機会を拾うことができたらと思って、源氏は藤壺の御殿をそっとうかがってみたが、女房を呼び出すような戸口も皆閉じてしまってあったので、歎息(たんそく)しながら、なお物足りない心を満たしたいように弘徽殿の細殿の所へ歩み寄ってみた。三の口があいている。

女御は宴会のあとそのまま宿直に上がっていたから、女房たちなどもここには少しよりいないふうがうかがわれた。この戸口の奥にあるくるる戸もあいていて、そして人音がない。こうした不用心な時に男も女もあやまった運命へ踏み込むものだと思って源氏は静かに縁側へ上がって中をのぞいた。だれももう寝てしまったらしい。若々しく貴女らしい声で、「朧月夜(おぼろづきよ)に似るものぞなき」と歌いながらこの戸口へ出て来る人があった。源氏はうれしくて突然袖(そで)をとらえた。女はこわいと思うふうで、「気味が悪い、だれ」

と言ったが、
「何もそんなこわいものではありませんよ」
と源氏は言って、さらに、

深き夜の哀れを知るも入る月のおぼろげならぬ契りとぞ思ふ

とささやいた。抱いて行った人を静かに一室へおろしてから三の口をしめた。

八帖「花宴」の原文　◆紫式部◆

「上の人びともうち休みて、かやうに思ひかけぬほどに、もしさりぬべき隙もやある」と、藤壺わたりを、わりなう忍びてうかがひありけど、語らふべき戸口も鎖してければ、うち嘆きて、なほあらじに、弘徽殿の細殿に立ち寄りたまへれば、三の口開きたり。

女御は、上の御局にやがて参う上りたまひにければ、人少ななるけはひなり。奥の枢戸も開きて、人音もせず。

「かやうにて、世の中のあやまちはするぞかし」と思ひて、やをら上りて覗きたまふ。人は皆寝たるべし。いと若うをかしげなる声の、なべての人とは聞こえぬ、

「朧月夜に似るものぞなき」

とうち誦じて、こなたざまには来るものか。いとうれしくて、ふと袖をとらへたまふ。女、恐ろしと思へるけしきにて、

「あな、むくつけ。こは、誰そ」とのたまへど、

「何か、疎ましき」とて、

「深き夜のあはれを知るも入る月のおぼろけならぬ契りとぞ思ふ」

とて、やをら抱き下ろして、戸は押し立てつ。

コラム　紫式部はこう生きた

紫式部は、天延一（973）年頃に生まれたとされています。

曽祖父は三十六歌仙のひとりである藤原兼輔、父の藤原為時は下級貴族の官吏で花山天皇に漢学を教えた漢詩学者でもあります。母親は紫式部が四歳のときに亡くなり、父に育てられます。

父が学者だったこともあり、幼い頃から書物に親しみ、高い教養を身につけていきます。

長徳四（998）年頃、式部は二十歳以上も年上の藤原宣孝と結婚し、一女（賢子）をもうけます。賢子は、のちに小倉百人一首に選定される歌人、大弐三位（だいのさんみ）です。

しかし結婚後三年余りで夫と死別、その頃から『源氏物語』の執筆を始めます。

『源氏物語』は評判となり、時の権力者である右大臣藤原道長の耳にも入ります。

道長の推薦により、一条天皇の后で道長の娘である中宮彰子の女房として宮中に上がり、教育係として彰子に和歌や学問を教えながら、道長の庇護のもと『源氏物語』の執筆を続けました。

一条天皇が亡くなった後も彰子に仕え、その後長和三年（1014）頃に四十五歳くらいで亡くなったとされています。

平安時代が戦争のない平穏な時代だったからこそ、紫式部の才能が存分に発揮された雅で華やかな世界の広がる『源氏物語』のような傑作が生まれたといえるでしょう。

九帖　葵

「葵（あおい）」のあらすじ――光源氏の正妻の葵の上が男の子を出産します。恋人である六条御息所の霊によって葵の上は急死し、その後紫の上が光源氏の妻となります。

桐壺帝が譲位し源氏の兄の朱雀帝が即位、六条御息所の娘（秋好）も斎宮に決まります。また、源氏の正妻である葵の上が懐妊します。そんな折、葵祭に源氏が参列することになり、葵の上も出掛けることとなりました。

葵の上は物の怪に取り憑かれ、お産が近づいてきて産気づき苦しむ様子が、声も気配も六条御息所にそっくりでした。無事に男の子（夕霧）が生まれましたが、葵の上の体調は回復せず、息を引き取ります。御息所は、自らの嫉妬心が葵の上を殺したと思い、伊勢への下向を決意します。

・源氏（二十二～二十三歳）・六条御息所（二十九～三十歳）・葵の上（二十五～二十六歳）

その人はますます御息所そっくりに見えた

九帖「葵」の現代語訳一部　与謝野晶子

歎(なげ)きわび空に乱るるわが魂(たま)を結びとめてよ下がひの褄(つま)

という声も様子も夫人ではなかった。まったく変わってしまっているのである。怪しいと思って考えてみると、夫人はすっかり六条の御息所になっていた。源氏はあさましかった。人がいろいろな噂(うわさ)をしても、くだらぬ人が言い出したこととして、これまで源氏の否定してきたことが眼前に事実となって現われているのであった。こんなことがこの世にありもするのだと思うと、人生がいやなものに思われ出した。

「そんなことをお言いになっても、あなたがだれであるか私は知らない。確かに名を言ってごらんなさい」

源氏がこう言ったのちのその人はますます御息所そっくりに見えた。あさましいなどという言葉では言い足りない悪感(おかん)を源氏は覚えた。女房たちが近く寄って来る気配(けはい)

にも、源氏はそれを見現わされはせぬかと胸がとどろいた。病苦にもだえる声が少し静まったのは、ちょっと楽になったのではないかと宮様が飲み湯を持たせておよこしになった時、その女房に抱き起こされて間もなく子が生まれた。

九帖「葵」の原文　◆紫式部◆

「嘆きわび空に乱るるわが魂を結びとどめよしたがへのつま」

とのたまふ声、けはひ、その人にもあらず、変はりたまへり。「いとあやし」と思しめぐらすに、ただ、かの御息所なりけり。あさましう、人のとかく言ふを、よからぬ者どもの言ひ出づることも、聞きにくく思して、のたまひ消つを、目に見す見す、「世には、かかることこそはありけれ」と、疎ましうなりぬ。「あな、心憂」と思されて、

「かくのたまへど、誰とこそ知らね。たしかにのたまへ」

とのたまへば、ただそれなる御ありさまに、あさましとは世の常なり。人々近う参るも、かたはらいたう思さる。

すこし御声もしづまりたまへれば、隙おはするにやとて、宮の御湯持て寄せたまへるに、かき起こされたまひて、ほどなく生まれたまひぬ。

「賢木（さかき）」のあらすじ――桐壺院が亡くなり、思い人の藤壺は出家します。光源氏と朧月夜の関係がバレます。

葵の上が亡くなり、六条御息所は娘の斎宮とともに伊勢へ下りました。その後、源氏の実の父である桐壺院が亡くなります。

源氏は、里下りした藤壺への思いが強くなっていきますが、藤壺はそれを拒み、突然出家してしまいます。

そのような中、源氏は右大臣の六の姫である朧月夜との逢瀬を重ねていました。ある雷雨の激しい夜、心配して朧月夜の部屋に入った右大臣に、密会の現場を見られてしまいます。激怒した右大臣と弘徽殿大后は、源氏の失脚を画策し始めます。

・源氏（二十三〜二十五歳）・六条御息所（三十〜三十二歳）・藤壺（二十八〜三十歳）

源氏への憎悪から源氏排除を企てる

十帖「賢木」の現代語訳一部　与謝野晶子

きつい調子で、だれのこともぐんぐん悪くお言いになるのを、聞いていて大臣は、ののしられている者のほうがかわいそうになった。なぜお話ししたろうと後悔した。

「でもこのことは当分秘密にしていただきましょう。陛下にも申し上げないでください。どんなことがあっても許してくださるだろうと、あれは陛下の御愛情に甘えているだけだと思う。私がいましめてやって、それでもあれが聞きません時は私が責任を負います」

などと大臣は最初の意気込みに似ない弱々しい申し出をしたが、もう太后の御機嫌(きげん)は直りもせず、源氏に対する憎悪(ぞうお)の減じることもなかった。皇太后である自分もいっしょに住んでいる邸内に来て不謹慎きわまることをするのも、自分をいっそう侮辱して見せたい心なのであろうとお思いになると、残念だというお心持ちがつのるばかりで、これを動機にして源氏の排斥を企てようともお思いになった。

十帖「賢木」の原文 ◆紫式部◆

すくすくしうのたまひ続くるに、さすがにいとほしう、「など、聞こえつることぞ」と、思さるれば、

「さはれ、しばし、このこと漏らしはべらじ。内裏にも奏せさせたまふな。かくのごと、罪はべりとも、思し捨つまじきを頼みにて、あまえてはべるなるべし。うちうちに制しのたまはむに、聞きはべらずは、その罪に、ただみづから当たりはべらむ」

など、聞こえ直したまへど、ことに御けしきも直らず。

「かく、一所におはして隙もなきに、つつむところなく、さて入りものせらるらむは、ことさらに軽め弄ぜらるるにこそは」と思しなすに、いとどいみじうめざましく、「このついでに、さるべきことども構へ出でむに、よきたよりなり」と、思しめぐらすべし。

十一帖　花散里

「花散里（はなちるさと）」のあらすじ――光源氏はかつての恋人である花散里と再会します。彼女と話すと心が落ち着くのでした。

思い悩む源氏は、故桐壺院の妃の一人である麗景殿の女御のもとを訪ねます。女御は以前と変わらず源氏に優しく接してくれ、昔話を語り合います。麗景殿の女御には、花散里と呼ばれる妹がいて、かつては源氏と逢瀬を重ねたこともある仲でした。

桐壺院の死後は姉妹で源氏の庇護を受けながら、ひっそりと暮らしていました。

源氏は、麗景殿の女御と語り合った後、花散里のいる部屋を訪ねます。花散里もまた、源氏に対して優しく、心を込めてもてなしてくれます。二人が変わらないでいてくれることを、源氏は嬉しく思うのでした。

・源氏（二十五歳）・花散里（不明）

源氏は、いろいろなことを思って泣いた

十一帖「花散里」の現代語訳一部　与謝野晶子

「橘の香をなつかしみほととぎす花散る里を訪ねてぞとふ

昔の御代が恋しくてならないような時にはどこよりもこちらへ来るのがよいと今わかりました。非常に慰められることも、また悲しくなることもあります。時代に順応しようとする人ばかりですから、昔のことを言うのに話し相手がだんだん少なくなってまいります。しかしあなたは私以上にお寂しいでしょう」

と源氏に言われて、もとから孤独の悲しみの中に浸っている女御も、今さらのようにまた心がしんみりと寂しくなって行く様子が見える。人柄も同情をひく優しみの多い女御なのであった。

十一帖「花散里」の原文

◆紫式部◆

「橘の香をなつかしみほととぎす花散る里をたづねてぞとふ

いにしへの忘れがたき慰めには、なほ参りはべりぬべかりけり。こよなうこそ、紛るることも、数添ふこともはべりけれ。おほかたの世に従ふものなれば、昔語もかきくづすべき人、少なうなりゆくを、まして、つれづれも紛れなく思さるらむ」

と聞こえたまふに、いとさらなる世なれど、ものをいとあはれに思し続けたる御けしきの浅からぬも、人の御さまからにや、多くあはれぞ添ひにける。

「須磨（すま）」のあらすじ――光源氏は不倫がバレて自身が罰せられそうな状況から逃れるために、都を離れることを決めます。

源氏は、朧月夜との密会が発覚したことにより、弘徽殿女御をはじめとする右大臣勢力に追い詰められていきます。

このままでは流刑になるかもしれず、後見人になっている東宮への影響も恐れ、源氏は自ら須磨に退くことにしました。正妻である紫の上はたいそう悲しみました。

須磨では、都の人たちと手紙を交わしたり絵を描くなどして淋しい日々を過ごします。

そんな中、親友である頭中将が須磨まで源氏を訪ねてきます。弘徽殿女御に須磨訪問が知られれば、罪に問われかねません。彼の行動に、源氏は感激します。

三月の上巳の日、海辺で祓いを執り行っていたところ、嵐が須磨を襲います。

・源氏（二十六～二十七歳）・紫の上（十八～十九歳）

源氏の心に上ってくる過去も未来も皆悲しかった

十二帖「須磨」の現代語訳一部　与謝野晶子

当帝の外戚の大臣一派が極端な圧迫をして源氏に不愉快な目を見せることが多くなって行く。つとめて冷静にはしていても、このままで置けば今以上な禍(わざわ)いが起こって来るかもしれぬと源氏は思うようになった。源氏が隠栖(いんせい)の地に擬している須磨(すま)という所は、昔は相当に家などもあったが、近ごろはさびれて人口も稀薄(きはく)になり、漁夫の住んでいる数もわずかであると源氏は聞いていたが、田舎(いなか)といっても人の多い所で、引き締まりのない隠栖になってしまってはいやであるし、そうかといって、京にあまり遠くては、人には言えぬことではあるが夫人のことが気がかりでならぬであろうしと、煩悶(はんもん)した結果須磨へ行こうと決心した。この際は源氏の心に上ってくる過去も未来も皆悲しかった。

十二帖「須磨」の原文 ◆紫式部◆

世の中、いとわづらはしく、はしたなきことのみまされば、「せめて知らず顔にあり経ても、これよりまさることもや」と思しなりぬ。

「かの須磨は、昔こそ人の住みかなどもありけれ、今は、いと里離れ心すごくて、海人の家だにまれに」など聞きたまへど、「人しげく、ひたたけたらむ住まひは、いと本意なかるべし。さりとて、都を遠ざからむも、故郷おぼつかなかるべきを」、人悪くぞ思し乱るる。

よろづのこと、来し方行く末、思ひ続けたまふに、悲しきこといとさまざまなり。

十三帖　明石

「明石（あかし）」のあらすじ——光源氏は須磨から明石に逃げます。滞在した家の娘である明石の君が光源氏の子を妊娠します。

須磨では激しい嵐が続き、落雷で邸の一部が焼け落ちます。明け方、源氏の夢に故桐壺院が現れ、須磨の浦から離れるよう告げたのち姿を消します。その日、桐壺院の予言どおり須磨の浦へ明石入道の使いが船でやってきます。明石の君は、源氏の美しさや教養の深さ、その優しい人柄に惹かれ、契りを交わし懐妊します。

一方、京では、不吉な出来事が続いていました。源氏を追いやった報いと考えた朱雀帝は、源氏を京へ呼び戻すことにします。別れを嘆く明石の君に、源氏は必ず京へ迎えることを約束し、帰京します。

・源氏（二十七〜二十八歳）・明石の君（十八〜十九歳）

京へ帰ることを源氏は命ぜられた

十三帖「明石」の現代語訳一部　与謝野晶子

出発が明後日に近づいた夜、いつもよりは早く山手の家へ源氏は出かけた。まだはっきりとは今日までよく見なかった女は、貴女（きじょ）らしい気高（けだか）い様子が見えて、この身分にふさわしくない端麗さが備わっていた。捨てて行きがたい気がして、源氏はなんらかの形式で京へ迎えようという気になったのであった。そんなふうに言って女を慰めていた。女からもつくづくと源氏の見られるのも今夜がはじめてであった。長い苦労のあとは源氏の顔に痩（や）せが見えるのであるが、それがまた言いようもなく艶（えん）であった。あふれるような愛を持って、涙ぐみながら将来の約束を女にする源氏を見ては、これだけの幸福をうければもうこの上を願わないであきらめることもできるはずであると思われるのであるが、女は源氏が美しければ美しいだけ自身の価値の低さが思われて悲しいのであった。

十三帖「明石」の原文

◆紫式部◆

明後日ばかりになりて、例のやうにいたくも更かさで渡りたまへり。さやかにもまだ見たまはぬ容貌など、「いとよしよししう、気高きさまして、めざましうもありけるかな」と、見捨てがたく口惜しう思さる。「さるべきさまにして迎へむ」と思しなりぬ。さやうにぞ語らひ慰めたまふ。

男の御容貌、ありさまはた、さらにも言はず。年ごろの御行なひにいたく面痩せたまへるしも、言ふ方なくめでたき御ありさまにて、心苦しげなるけしきにうち涙ぐみつつ、あはれ深く契りたまへるは、「ただかばかりを、幸ひにても、などか止まざらむ」とまでぞ見ゆめれど、めでたきにしも、我が身のほどを思ふも、尽きせず。

十四帖　澪標

「澪標（みおつくし）」のあらすじ——光源氏が京都に帰ります。藤壺との間に生まれた子が冷泉帝として即位し、明石の君も娘を出産します。

源氏は京へ戻ります。須磨での辛く淋しい日々が嘘だったかのような華やかな日常に戻り、源氏も周りの人たちも昇進しました。源氏の兄である朱雀帝は位を退き、冷泉帝が即位します。冷泉帝は、源氏と藤壺が密通して生まれた子です。

源氏は、女性たちを住まわせる二条東院の建築に着手します。一方で、明石の君は姫君を無事に出産しました。

また、娘の斎宮と共に京へ戻っていた六条御息所は病に倒れ、源氏に娘の将来を託し、亡くなります。源氏は斎宮に惹かれつつも、愛人にはしないという御息所との約束を守り、冷泉帝へ入内させることにしました。

・源氏（二十八～二十九歳）・冷泉帝（十～十一歳）・明石の君（十九～二十歳）

御息所の葬儀はきらやかに執行された

十四帖「澪標」の現代語訳一部　与謝野晶子

それからは源氏の見舞いの使いが以前よりもまた繁々(しげしげ)行った。そうして七、八日ののちに御息所は死んだ。無常の人生が悲しまれて、心細くなった源氏は参内もせずに引きこもっていて、御息所の葬儀についての指図(さしず)を下しなどしていた。前の斎宮司の役人などで親しく出入りしていた者などがわずかに来て葬式の用意に奔走するにすぎない六条邸であった。侍臣を送ったあとで源氏自身も葬家へ来た。斎宮に弔詞を取り次がせると、

「ただ今は何事も悲しみのためにわかりませんので」

と女別当(にょべっとう)を出してお言わせになった。

十四帖「澪標」の原文

◆紫式部◆

御訪らひ、今すこしたちまさりて、しばしば聞こえたまふ。七、八日ありて亡せたまひにけり。あへなう思さるるに、世もいとはかなくて、もの心細く思されて、内裏へも参りたまはず、とかくの御ことなど掟てさせたまふ。また頼もしき人もことにおはせざりけり。古き斎宮の宮司など、仕うまつり馴れたるぞ、わづかにことども定めける。

御みづからも渡りたまへり。宮に御消息聞こえたまふ。

「何ごともおぼえはべらでなむ」

と、女別当して、聞こえたまへり。

十五帖　蓬生

「蓬生(よもぎう)」のあらすじ――光源氏が偶然に末摘花の家を訪れます。彼女がずっと自分を待ち続けていたことに感動します。

源氏が須磨に赴いたことで、源氏の後見によって生計を立てていた末摘花の生活は困窮します。邸は荒れ果て、召使いは次々と去っていき、源氏が帰京してからも忘れ去られたままでした。

年が明けたある夜、花散里を訪ねるため出かけた源氏は、途中通りかかった荒れ果てた邸が故常陸宮邸であることに気づきます。源氏は常陸宮邸の手入れをし、身の回りの品を贈るなどして末摘花の生活を立て直し、二条東院の完成後に末摘花を引き取ることにしました。

・源氏（二十八～二十九歳）・末摘花（不明）

善良さは稀(まれ)に見るほどの女性

十五帖　「蓬生」の現代語訳一部　与謝野晶子

二条の院にすぐ近い地所へこのごろ建築させている家のことを、源氏は末摘花に告げて、

そこへあなたを迎えようと思う、今から童女として使うのによい子供を選んで馴(な)らしておおきなさい。

ともその手紙には書いてあった。女房たちの着料までも気をつけて送って来る源氏に感謝して、それらの人々は源氏の二条の院のほうを向いて拝んでいた。一時的の恋にも平凡な女を相手にしなかった源氏で、ある特色の備わった女性には興味を持って熱心に愛する人として源氏をだれも知っているのであるが、何一つすぐれた所のない末摘花をなぜ妻の一人としてこんな取り扱いをするのであろう。これも前生の因縁ごとであるに違いない。

十五帖「蓬生」の原文

◆紫式部◆

御文いとこまやかに書きたまひて、二条院近き所を造らせたまふを、「そこになむ渡したてまつるべき。よろしき童女など、求めさぶらはせたまへ」など、人びとの上まで思しやりつつ、訪らひきこえたまへば、かくあやしき蓬のもとには、置き所なきまで、女ばらも空を仰ぎてなむ、そなたに向きて喜びきこえける。

なげの御すさびにても、おしなべたる世の常の人をば、目止め耳立てたまはず、世にすこしこれはと思ほえ、心地にとまる節あるあたりを尋ね寄りたまふものと、人の知りたるに、かく引き違へ、何ごともなのめにだにあらぬ御ありさまを、ものめかし出でたまふは、いかなりける御心にかありけむ。これも昔の契りなめりかし。

「関屋（せきや）」のあらすじ――光源氏を拒んだあの空蟬と再会し、文を交換します。夫が亡くなった後、空蟬は出家します。

常陸介（伊予介）が常陸国での任期を終え、妻である空蟬と共に京へ戻ることとなりました。源氏の一行が石山寺へ参詣へ向かう途中、逢坂関で偶然にも空蟬の一行とすれ違います。源氏は懐かしく思い、空蟬の弟である右衛門佐が参上した際に、空蟬への文を託します。空蟬も心を動かされ返事を書きます。

しばらくして、空蟬の夫である常陸介が亡くなります。一人残された空蟬に義理の息子である河内守が言い寄ってくるようになり、嫌気がさした空蟬は出家してしまいます。

・源氏（二十九歳）・空蟬（不明）

またも険しい世の中に漂泊らえるのであろうか

十六帖「関屋」の現代語訳一部　与謝野晶子

空蝉はすべてを自身の薄命のせいにして悲しんでいた。河内守だけは好色な心から、継母に今も追従をして、

「父があんなにあなたのことを頼んで行かれたのですから、無力ですが、それでもあなたの御用は勤めたいと思いますから、遠慮をなさらないでください」

などと言って来るのである。あさましい下心も空蝉は知っていた。不幸な自分は良人に死に別れただけで済まず、またまたこんな情けないことが近づいてこようとすると悲しがって、だれにも相談をせずに尼になってしまった。常陸介の息子や娘もさすがにこれを惜しがった。河内守は恨めしかった。

「私をきらって尼におなりになったってまだ今後長く生きて行かねばならないのだから、どうして生活をするつもりだろう、余計なことをしたものだ」

などと言った。

十六帖「関屋」の原文 ◆紫式部◆

とあるもかかるも世の道理なれば、身一つの憂きことにて、嘆き明かし暮らす。ただ、この河内守のみぞ、昔より好き心ありて、すこし情けがりける。

「あはれにのたまひ置きし、数ならずとも、思し疎までのたまはせよ」

など追従し寄りて、いとあさましき心の見えければ、

「憂き宿世ある身にて、かく生きとまりて、果て果ては、めづらしきことどもを聞き添ふるかな」と、人知れず思ひ知りて、人にさなむとも知らせで、尼になりにけり。

ある人びと、いふかひなしと、思ひ嘆く。守も、いとつらう、

「おのれを厭ひたまふほどに。残りの御齢は多くものしたまふらむ。いかでか過ぐしたまふべき」

などぞ、あいなのさかしらやなどぞ、はべるめる。

十六帖　関屋

コラム　平安文化と『源氏物語』

『源氏物語』が生まれたのは平安時代中頃です。

「この世をばわが世とぞ思ふ望月の欠けたることもなしと思へば」この歌があらわしているように、当時は藤原道長を頂点とする摂関政治の最盛期でした。

道長は、三人の娘を天皇の妻にし権力を固めていきます。長女の彰子を一条天皇に嫁がせ、優秀な女房をつけようと抜擢されたのが紫式部なのです。

当時の貴族は、仕事の始業時間も終業時間も早く、就寝までの間に時間があり、蹴鞠や管弦楽器の演奏や歌会などの宴、紅葉狩りなど四季折々の行事、そして恋愛など貴族らしい遊びをする時間が大いにあり、日本的な美を特徴とした「国風文化」の成熟を促しました。

漢字を変形させた日本独自の「仮名文字」は、国風文化の代表的なもののひとつです。この仮名文字を使い、天皇の后たちに仕えた文才ある女房が優れた文学作品を生み出します。

その中でも特に優れた作品である『源氏物語』は、心理描写の秀逸な一流の文学作品であると同時に、貴族の暮らしや文化、人間模様や政治、四季の移ろいや人生観など当時の王朝社会のすべてを網羅し、その時代を知ることのできる貴重な史料でもあるのです。

十七帖　絵合

「絵合(えあわせ)」のあらすじ――光源氏が養女として育てていた娘が頭中将の娘と中宮の座を争い、勝利します。

六条御息所の娘である斎宮が、源氏の後見のもと冷泉帝へ入内し、梅壺の女御となります。絵の好きな冷泉帝は、絵画という共通の趣味のある梅壺のもとに通うことが多くなります。娘を弘徽殿女御として先に入内させていた権中納言（頭中将）はこのことに焦り、絵を集め弘徽殿女御に渡します。源氏も絵を集め、梅壺に差し入れます。その後、宮中でも絵が流行し、冷泉帝の前で、源氏方である梅壺と権中納言方である弘徽殿との絵合せが催されます。どちらも見事な絵を披露し勝敗がつきませんでしたが、最後に、源氏が須磨での辛い日々の中で描いた絵が出されると人々は涙を流し、梅壺が勝利を収めます。

・源氏（三十一歳）・梅壺（二十二歳）・冷泉帝（十三歳）

帝は何よりも絵に興味を持っていた

十七帖「絵合」の現代語訳一部　与謝野晶子

左右の勝ちがまだ決まらずに夜が来た。最後の番に左から須磨の巻が出てきたことによって中納言の胸は騒ぎ出した。右もことに最後によい絵巻が用意されていたのであるが、源氏のような天才が清澄な心境に達した時に写生した風景画は何者の追随をも許さない。判者の親王をはじめとしてだれも皆涙を流して見た。その時代に同情しながら想像した須磨よりも、絵によって教えられる浦住まいはもっと悲しいものであった。作者の感情が豊かに現われていて、現在をもその時代に引きもどす力があった。須磨からする海のながめ、寂しい住居(すまい)、崎々浦々が皆あざやかに描かれてあった。草書で仮名混じりの文体の日記がその所々には混ぜられてある。身にしむ歌もあった。だれも他の絵のことは忘れて恍惚(こうこつ)となってしまった。圧巻はこれであると決まって左が勝ちになった。

十七帖「絵合」の原文 ◆紫式部◆

定めかねて夜に入りぬ。左はなほ数一つある果てに、「須磨」の巻出で来たるに、中納言の御心、騒ぎにけり。あなたにも心して、果ての巻は心ことにすぐれたるを選り置きたまへるに、かかるいみじきものの上手の、心の限り思ひすまして静かに描きたまへるは、たとふべきかたなし。親王よりはじめたてまつりて、涙とどめたまはず。その世に、「心苦し悲し」と思ほししほどよりも、おはしけむありさま、御心に思しことども、ただ今のやうに見え、所のさま、おぼつかなき浦々、磯の隠れなく描きあらはしたまへり。

草の手に仮名の所々に書きまぜて、まほの詳しき日記にはあらず、あはれなる歌などもまじれる、たぐひゆかし。誰もこと事思ほさず、さまざまの御絵の興、これに皆移り果てて、あはれにおもしろし。よろづ皆おしゆづりて、左、勝つになりぬ。

十八帖　松風

「松風（まつかぜ）」のあらすじ――明石の君がついに上京します。光源氏は彼女の三歳の娘を引き取り、紫の上に育てさせます。

二条東院がようやく完成し、源氏は西の対に花散里を、東の対には明石の君を住まわせることにしました。しかし、明石の君は自らの身分に引け目を感じ躊躇していたため、明石入道は、大堰川近くにある母方の祖父・中務宮の持ち物である邸を改修し、姫君や母尼君とともに住まわせることにしました。

源氏は、紫の上への気遣いからなかなか訪れることが叶わなかった大堰の邸をようやく訪問、娘と初めて対面しその可愛らしさに感嘆します。姫君の将来を考慮し、源氏は二条院で養女として育てたいことを紫の上に相談し、承諾を得ます。

・源氏（三十一歳）・明石の君（二十二歳）・明石の姫君（三歳）

光源氏はその子を自分がもらって、大事に育ててみたいと思った

十八帖「松風」の現代語訳一部　与謝野晶子

夫人のそばへ寄って、

「ほんとうはね、かわいい子を見て来たのですよ。そんな人を見るとやはり前生の縁の浅くないということが思われたのですがね、とにかく子供のことはどうすればいいのだろう。公然私の子供として扱うことも世間へ恥ずかしいことだし、私はそれで煩悶していいます。いっしょにあなたも心配してください。どうしよう、あなたが育ててみませんか、三つになっているのです。無邪気なかわいい顔をしているものだから、どうも捨てておけない気がします。小さいうちにあなたの子にしてもらえば、子供の将来を明るくしてやれるように思うのだが、失敬だとお思いにならなければあなたの手で袴着をさせてやってください」

と源氏は言うのであった。

十八帖「松風」の原文

◆紫式部◆

さし寄りたまひて、

「まことは、らうたげなるものを見しかば、契り浅くも見えぬを、さりとて、ものめかさむほども憚り多かるに、思ひなむわづらひぬる。同じ心に思ひめぐらして、御心に思ひ定めたまへ。いかがすべき。ここにて育みたまひてむや。蛭の子が齢にもなりにけるを、罪なきさまなるも思ひ捨てがたうこそ。いはけなげなる下つ方も、紛らはさむなど思ふを、めざましと思さずは、引き結ひたまへかし」

と聞こえたまふ。

十九帖　薄雲

「薄雲（うすぐも）」のあらすじ――藤壺が亡くなり、光源氏は深く悲しみます。冷泉帝も実は光源氏の子どもだという自身の出生の秘密を知ることになります。

明石の君は、姫君を二条院に差し出すことに思い悩んでいました。明石の尼君の説得もあり、身分の高い人に育てられることが姫君の将来を考えると最善であることを頭では理解していても、姫君と離れることを考えるとつらく悲しい気持ちになります。

冬のある雪の日、源氏が迎えに訪れ、姫君は源氏と紫の上に託されました。

その翌年、正妻である葵の上の父、太政大臣が逝去します。さらに、病に臥していた藤壺の女御が亡くなり、源氏は悲嘆に暮れます。法要が済んだ頃、藤壺に仕えていた僧が冷泉帝に、源氏が本当の父親であることを打ち明けます。冷泉帝は動揺し、父を臣下としていることを悩み、源氏に帝の位を譲ろうとします。

・源氏（三十一～三十二歳）・明石の君（二十二～二十三歳）・藤壺（三十六～三十七歳）・冷泉帝（十三～十四歳）

あかりが消えていくように藤壺は死んでいった

十九帖「薄雲」の現代語訳一部　与謝野晶子

「院の御遺言をお守りくだすって、陛下の御後見をしてくださいますことで、今までどれほど感謝して参ったかしれませんが、あなたにお報いする機会がいつかあることと、のんきに思っておりましたことが、今日になりましてはまことに残念でなりません」

お言葉を源氏へお取り次がせになる女房へ仰せられるお声がほのかに聞こえてくるのである。源氏はお言葉をいただいてもお返辞ができずに泣くばかりである。見ている女房たちにはそれもまた悲しいことであった。どうしてこんなに泣かれるのか、気の弱さを顕わに見せることではないかと人目が思われるのであるが、それにもかかわらず涙が流れる。女院のお若かった日から今日までのことを思うと、恋は別にして考えても惜しいお命が人間の力でどうなることとも思われないことで限りもなく悲しかった。

十九帖「薄雲」の原文

◆紫式部◆

「院の御遺言にかなひて、内裏の御後見仕うまつりたまふこと、年ごろ思ひ知りはべること多かれど、何につけてかは、その心寄せことなるさまをも、漏らしきこえむとのみ、のどかに思ひはべりけるを、今なむあはれに口惜しく」

と、ほのかにのたまはするも、ほのぼの聞こゆるに、御応へも聞こえやりたまはず、泣きたまふさま、いといみじ。「などかうしも心弱きさまに」と、人目を思し返せど、いにしへよりの御ありさまを、おほかたの世につけても、あたらしく惜しき人の御さまを、心にかなふわざならねば、かけとどめきこえむ方なく、いふかひなく思さるること限りなし。

二十帖　朝顔

「朝顔（あさがお）」のあらすじ――光源氏が朝顔の宮に求婚します。彼女は高貴な姫君であるため、紫の上は自身の立場が不安になります。

源氏の叔父である桃園式部卿宮が死去します。式部卿宮には朝顔の君という娘がおり、源氏は十代の頃から朝顔の姫君に想いを寄せていました。しかし姫君はこれを拒み続け、十年以上の月日が経っていました。朝顔の君も、源氏の優しさや美しさに惹かれてはいましたが、源氏を受け入れることにより六条御息所や他に女性のように嫉妬で苦しむことを恐れていました。源氏が朝顔に執着していることを紫の上が悲しんでいたため、源氏は紫の上を慰め他の女性のことを語り、紫の上がどれだけ大切かを伝えます。

・源氏（三十二歳）・紫の上（二十四歳）

光源氏を拒む女、朝顔の女王

二十帖「朝顔」の現代語訳一部　与謝野晶子

女房たちのだれの誘惑にもなびいて行きそうな人々は狂気にもなるほど源氏をほめて夢中になっているこんな家の中で、朝顔の女王だけは冷静でおありになった。お若い時すらも友情以上のものをこの人にお持ちにならなかったのであるから、今はまして自分もその人も恋愛などをする年ではなくなっていて、花や草木のことの言われる手紙にもすぐに返事を出すようなことは人の批評することがうるさいと、それも遠慮をされるようになっていつまでたってもお心の動く様子はなかった。

初めの態度はどこまでもお続けになる朝顔の女王の普通の型でない点が、珍重すべきおもしろいことにも思われてならない源氏であった。

二十帖「朝顔」の原文

◆紫式部◆

さぶらふ人びとの、さしもあらぬ際のことをだに、なびきやすなるなどは、過ちもしつべく、めできこゆれど、宮は、そのかみだにこよなく思し離れたりしを、今は、まして、誰も思ひなかるべき御齢、おぼえにて、「はかなき木草につけたる御返りなどの、折過ぐさぬも、軽々しくや、とりなさるらむ」など、人の物言ひを憚りたまひつつ、うちとけたまふべき御けしきもなければ、古りがたく同じさまなる御心ばへを、世の人に変はり、めづらしくもねたくも思ひきこえたまふ。

二十一帖　少女

「少女（おとめ）」のあらすじ――長男の夕霧と幼馴染みの雲居の雁の恋を頭中将が引き裂きます。六条院の大邸宅が完成します。

源氏と亡き妻葵の上の息子である夕霧は、十二歳になり元服を迎えました。源氏は夕霧を優遇せず敢えて低い官位に就かせ、さらに大学で学ばせます。

頭中将は、長女が冷泉帝の中宮になれなかったことから次女である雲居の雁を東宮の妃にしようとしますが、雲居の雁は、祖母である大宮のもとでともに育てられた夕霧と相思相愛の仲でした。そのことを知った頭中将は二人を引き離します。雲居の雁は頭中将の邸に引き取られることになり、夕霧は嘆き悲しみます。

・源氏（三十三～三十五歳）・夕霧（十二～十四歳）・雲居の雁（十四～十六歳）

出て行く物音を聞くのもつらく悲しかった

二十一帖「少女」の現代語訳一部　与謝野晶子

取り残された見苦しさも恥ずかしくて、悲しみに胸をふさがらせながら、若君は自身の居間へはいって、そこで寝つこうとしていた。三台ほどの車に分乗して姫君の一行は邸(やしき)をそっと出て行くらしい物音を聞くのも若君にはつらく悲しかったから、宮のお居間から、来るようにと、女房を迎えにおよこしになった時にも、眠ったふうをしてみじろぎもしなかった。涙だけがまだ止まらずに一睡もしないで暁になった。霜の白いころに若君は急いで出かけて行った。泣き腫(は)らした目を人に見られることが恥ずかしいのに、宮はきっとそばへ呼ぼうとされるのであろうから、気楽な場所へ行ってしまいたくなったのである。車の中でも若君はしみじみと破れた恋の悲しみを感じるのであったが、空模様もひどく曇って、まだ暗い寂しい夜明けであった。

二十一帖「少女」の原文 ◆紫式部◆

男君は、立ちとまりたる心地も、いと人悪く、胸ふたがりて、わが御方に臥したまひぬ。御車三つばかりにて、忍びやかに急ぎ出でたまふけはひを聞くも、静心なければ、宮の御前より、「参りたまへ」とあれど、寝たるやうにて動きもしたまはず。

涙のみ止まらねば、嘆きあかして、霜のいと白きに急ぎ出でたまふ。うちはれたるまみも、人に見えむが恥づかしきに、宮はた、召しまつはすべかめれば、心やすき所にとて、急ぎ出でたまふなりけり。

道のほど、人やりならず、心細く思ひ続くるに、空のけしきもいたう曇りて、まだ暗かりけり。

二十二帖　玉鬘

「玉鬘（たまかずら）」のあらすじ――夕顔と頭中将の娘である美しい少女の玉鬘が光源氏の養女になります。母の死後、彼女は孤児となっていました。

亡くなった夕顔と頭中将との間には玉鬘という娘がおり、乳母が引き取りひそかに育てていました。玉鬘が四歳の頃、乳母の夫の赴任先である筑紫へ移ります。玉鬘は輝くばかりに美しく成長しますが、そのために求婚者が多く、なかでも肥後の豪族である大夫監は強引に結婚を迫ってきました。

玉鬘と乳母は無事京の知人宅に身を寄せることができたものの、この先どうしたらよいものか途方にくれ、願掛けに長谷寺へむかいます。手前の椿市で宿をとっていたところ、偶然にも夕顔の侍女で今は源氏に仕える右近に再会し、右近はこのことを源氏に伝えます。その後、源氏は玉鬘を六条院に引き取りました。

・源氏（三十五歳）・玉鬘（二十一歳）

かつての恋人の娘の貴公子たちが恋の対象にするほどにも私はかしずいてみせる

二十二帖「玉鬘」の現代語訳一部　与謝野晶子

「私はあの人を六条院へ迎えることにするよ。これまでも何かの場合によく私は、あの人の行くえを失ってしまったことを思って暗い心になっていたのだからね。聞き出せばすぐにその運びにしなければならないのを、怠っていることでも済まない気がする。お父さんの大臣に認めてもらう必要などはないよ。おおぜいの子供に大騒ぎをしていられるのだからね。たいした母から生まれたのでもない人がその中へはいって行っては、結局また苦労をさせることになる。私のほうは子供の数が少ないのだから、思いがけぬ所で発見した娘だとも世間へは言っておいて、貴公子たちが恋の対象にするほどにも私はかしずいてみせる」

二十二帖「玉鬘」の原文　◆紫式部◆

「さらば、かの人、このわたりに渡いたてまつらむ。年ごろ、もののついでごとに、口惜しう惑はしつることを思ひ出でつるに、いとうれしく聞き出でながら、今までおぼつかなきも、かひなきことになむ。

父大臣には、何か知られむ。いとあまたもて騒がるめるが、数ならで、今はじめ立ち交じりたらむが、なかなかなることこそあらめ。我は、かうさうざうしきに、おぼえぬ所より尋ね出だしたるとも言はむかし。好き者どもの心尽くさするくさはひにて、いといたうもてなさむ」

二十三帖　初音

「初音（はつね）」のあらすじ――六条院で華やかな正月が迎えられます。光源氏は、二条院にいる末摘花と空蝉を訪ねます。

新春を迎え、六条院はこの世とは思えないほど華やぎ麗らかな様子です。源氏は紫の上と歌を詠み交わします。紫の上のもとで育てられている明石の姫君のもとへ、明石の君から新年のお祝いの品が届きます。源氏は、明石の君を思いやり、姫君に返事を書かせるのでした。

源氏は花散里と玉鬘のもとを訪ね、その後明石の君を訪ねます。その日はそのまま明石の君と夜を過ごし、紫の上の機嫌を損ねます。新年の宮中行事が落ち着き、源氏は久しぶりに二条院に戻り、東院の末摘花と空蝉に会いに行きます。

・源氏（三十六歳）・明石の君（二十七歳）・明石の姫君（八歳）・玉鬘（二十二歳）

春の女王の住居は現世の極楽

二十三帖「初音」の現代語訳一部　与謝野晶子

新春第一日の空の完全にうららかな光のもとには、どんな家の庭にも雪間の草が緑のけはいを示すし、春らしい霞(かすみ)の中では、芽を含んだ木の枝が生気を見せて煙っているし、それに引かれて人の心ものびやかになっていく。まして玉を敷いたと言ってよい六条院の庭の初春のながめには格別なおもしろさがあった。常に増してみがき渡された各夫人たちの住居(すまい)を写すことに筆者は言葉の乏しさを感じる。春の女王(にょおう)の住居はとりわけすぐれていた。梅花の香(かおり)も御簾(みす)の中の薫物(たきもの)の香と紛らわしく漂っていて、現世の極楽がここであるような気がした。

二十三帖「初音」の原文

◆紫式部◆

年立ちかへる朝の空のけしき、名残なく曇らぬうららかげさには、数ならぬ垣根のうちだに、雪間の草若やかに色づきはじめ、いつしかとけしきだつ霞に、木の芽もうちけぶり、おのづから人の心ものびらかにぞ見ゆるかし。まして、いとど玉を敷ける御前の、庭よりはじめ見所多く、磨きましたまへる御方々のありさま、まねびたてむも言の葉足るまじくなむ。

春の御殿の御前、とりわきて、梅の香も御簾のうちの匂ひに吹きまがひ、生ける仏の御国とおぼゆ。

コラム　紫式部は恋愛経験が少ない？

紫式部は当時としては結婚が遅く、長徳四（９９８）年、二十代後半に結婚しています。夫となった藤原宣孝は紫式部よりおよそ二十歳も歳上の貴族で、既婚者であり子どももいました。宣孝との間に娘の賢子を授かりますが、結婚から三年後、宣孝は疫病にかかり長保三（１００１）年に亡くなります。

夫を亡くし経済的な後ろ盾がなくなり、また藤原道長から彰子の女房にという依頼があったことから、宮中で働き始めます。宮中に出仕後の紫式部の恋愛に関しては、歌人の藤原公任と恋仲だったとか、日本の初期の系図集『尊卑分脈（そんぴぶんみゃく）』の紫式部の注に「御堂関白道長妾云々」と誌してあることから道長の妾だったのではとかいくつかの説がありますが、本当かどうかわかりません。

このように恋愛の経験が乏しそうで真面目で才女なイメージの紫式部ですが、『源氏物語』の中では多くの色恋エピソードを描いています。宮中で仕えている間の女房たちの噂話や実際に見聞きしたことや過去に読んだ書物など、それらを物語に昇華させ壮大な王朝恋愛ロマン小説を完成させせた筆力には驚くばかりです。

二十四帖　胡蝶

「胡蝶（こちょう）」のあらすじ――美しい玉鬘が多くの貴公子から恋文を受け取ります。光源氏自身も彼女に心惹かれています。

三月、花の咲き乱れる六条院の春の御殿で船楽が催されます。

秋好中宮が里帰りをしていましたが身分の高さゆえ参加できず、かわりに中宮付きの女房たちが招かれます。宴は夜になっても続きました。

玉鬘の美しさは京でも評判で、宴に招かれた男性たちの真の目当ては玉鬘でした。玉鬘の元へ、源氏の弟である兵部卿宮、髭黒右大将、柏木らから次々と求婚の文が寄せられます。柏木は、玉鬘が妹とも知らず想いを寄せていました。

源氏も、玉鬘の美しさに心惹かれていました。玉鬘への想いを抑えられなくなった源氏は、ある日想いを打ち明けますが、玉鬘は養父である源氏の想いに困惑します。

・源氏（三十六歳）・玉鬘（二十二歳）

恋文であって、しかも親らしい言葉で書かれてある

二十四帖「胡蝶」の現代語訳一部　与謝野晶子

一度口へ出したあとは「おほたの松の」（恋ひわびぬおほたの松のおほかたは色に出でてや逢はんと言はまし）というように、源氏が言いからんでくることが多くなって、玉鬘の加減の悪かった身体がなお悪くなっていくようであった。こうしたほんとうのことを知る人はなくて、家の中の者も、外の者も、親と娘としてばかり見ている二人の中にそうした問題の起こっていると、少しでも世間が知ったなら、どれほど人笑われな自分の名が立つことであろう、自分は飽くまでも薄倖な女である、父君に自分のことが知られる初めにそれを聞く父君は、もともと愛情の薄い上に、軽佻な娘であるとうとましく自分が思われねばならないことであると、玉鬘は限りもない煩悶をしていた。

二十四帖「胡蝶」の原文

◆紫式部◆

色に出でたまひてのちは、「太田の松の」と思はせたることなく、むつかしう聞こえたまふこと多かれば、いとど所狭き心地して、おきどころなきもの思ひつきて、いと悩ましうさへしたまふ。

かくて、ことの心知る人は少なうて、疎きも親しきも、むげの親ざまに思ひきこえたるを、

「かうやうのけしきの漏り出でば、いみじう人笑はれに、憂き名にもあるべきかな。父大臣などの尋ね知りたまふにても、まめまめしき御心ばへにもあらざらむものから、ましていとあはつけう、待ち聞き思さむこと」

と、よろづにやすげなう思し乱る。

二十五帖　蛍

「蛍(ほたる)」のあらすじ――光源氏が異母弟の螢兵部卿宮に対して、玉鬘の姿を蛍の光で見せる演出をします。

五月雨の頃、玉鬘に兵部卿宮から文が届き、源氏は返事を書かせました。玉鬘からの返事に喜び、六条院にやってきた兵部卿宮の前で、源氏は几帳の内に蛍を放ちます。その光で玉鬘の横顔が見え、予想以上の美しさに心を奪われた兵部卿宮はその想いを歌にして送りますが、玉鬘からの返事はつれないものでした。このような源氏の行動に、玉鬘は困惑します。

端午の節句に、源氏は六条院で騎射の宴を催し、その夜は花散里と過ごしました。

やがて梅雨に入り、物語に熱中する玉鬘に源氏は自らの物語論を語ったり、紫の上に明石の姫君に読み聞かせる本について注文をつけたりします。

・源氏（三十六歳）・玉鬘（二十二歳）・紫の上（二十八歳）

あのかわいかった人を行方不明にさせてしまった

二十五帖「蛍」の現代語訳一部　与謝野晶子

中ほどには忘れていもしたのであるが、他人がすぐれたふうに娘をかしずく様子を見ると、自身の娘がどれも希望どおりにならなかったことで失望を感じることが多くなって、近ごろは急に別れた女の子を思うようになったのである。ある夢を見た時に、上手な夢占いをする男を呼んで解かせてみると、

「長い間忘れておいでになったお子さんで、人の子になっていらっしゃる方のお知らせをお受けになるというようなことはございませんか」

と言った。

「男は養子になるが、女というものはそう人に養われるものではないのだが、どういうことになっているのだろう」

と、それからは時々内大臣はこのことを家庭で話題にした。

二十五帖「蛍」の原文　◆紫式部◆

中ごろなどはさしもあらず、うち忘れたまひけるを、人の、さまざまにつけて、女子かしづきたまへるたぐひどもに、わが思ほすにしもかなはぬが、いと心憂く、本意なく思すなりけり。

夢見たまひて、いとよく合はする者召して、合はせたまひけるに、

「もし、年ごろ御心に知られたまはぬ御子を、人のものになして、聞こしめし出づることや」

と聞こえたりければ、

「女子の人の子になることは、をさをさなしかし。いかなることにかあらむ」

など、このころぞ、思しのたまふべかめる。

二十六帖　常夏

「常夏(とこなつ)」のあらすじ――玉鬘が和琴を習い始めます。一方、頭中将の娘である近江・雲居の雁はだらしない生活を送っています。

暑い夏、六条院の水辺で涼んでいた源氏は、夕霧を訪ねてきていた公卿たちに「近江の君」のことを興味津々に尋ねます。玉鬘を探していた内大臣（頭中将）は、娘だと名乗り出た近江の君を引き取りましたが、あまりにも姫君らしくないと世間の噂になっていました。そのことは源氏の耳にも入っていて、夕霧と雲居の雁の仲を割いた恨みもあり、内大臣に対する皮肉を言います。それは内大臣の耳にも入り、悶々とする内大臣は雲居の雁を訪ねますが、昼寝をしている姿を見て、良縁が遠ざかると説教します。

内大臣は、評判の芳しくない近江の君の処遇に悩み、娘である弘徽殿女御の元に見習いに出すことにします。

・源氏（三十六歳）・夕霧（十五歳）・雲居の雁（十七歳）

近江の君は失態ばかり

二十六帖「常夏」の現代語訳一部　与謝野晶子

ただきわめて下層の家で育てられた人であったから、ものの言いようを知らないのである。何でもない言葉もゆるく落ち着いて言えば聞き手はよいことのように聞くであろうし、巧妙でない歌を話に入れて言う時も、声（こわ）づかいをよくして、初め終わりをよく聞けないほどにして言えば、作の善悪を批判する余裕のないその場ではおもしろいことのようにも受け取られるのである。強々（こわごわ）しく非音楽的な言いようをすれば善（よ）いことも悪く思われる。乳母（めのと）の懐（ふところ）育ちのままで、何の教養も加えられてない新令嬢の真価は外観から誤られもするのである。

二十六帖「常夏」の原文

◆紫式部◆

ただ、いと鄙び、あやしき下人の中に生ひ出でたまへれば、もの言ふさまも知らず。ことなるゆゑなき言葉をも、声のどやかに押ししづめて言ひ出だしたるは、打ち聞き、耳異におぼえ、をかしからぬ歌語りをするも、声づかひつきづきしくて、残り思はせ、本末惜しみたるさまにてうち誦じたるは、深き筋思ひ得ぬほどの打ち聞きには、をかしかなりと、耳もとまるかし。

いと心深くよしあることを言ひゐたりとも、よろしき心地あらむと聞こゆべくもあらず、あはつけき声ざまにのたまひ出づる言葉こはごはしく、言葉たみて、わがままに誇りならひたる乳母の懐にならひたるさまに、もてなしいとあやしきに、やつるるなりけり。

二十七帖　篝火

「篝火（かがりび）」のあらすじ――玉鬘は親切な教育に感謝していますが、光源氏が添い寝をしに来ることに戸惑っています。

姫君らしくなく世間の評判が良くない、との理由で近江の君をぞんざいに扱う内大臣（頭中将）の噂を耳にした玉鬘は、源氏に引き取られたことを幸運に思うようになりました。

初秋、玉鬘のもとを訪れた源氏は、琴を枕にして添い寝をしていました。玉鬘に対する自らの恋心を庭の篝火にたとえ歌を詠み、玉鬘は困惑しながらも歌を返します。東の対から、夕霧や柏木の笛と琴の音が聞こえてきたため、源氏は彼らを招き演奏させます。柏木は、実の姉とも知らず玉鬘に恋心を抱いていたため、琴を弾く手が緊張するのでした。

・源氏（三十六歳）・夕霧（十五歳）・玉鬘（二十二歳）・柏木（二十一歳）

無理をしいようともせず愛情はますます深く感ぜられる

二十七帖「篝火」の現代語訳一部　与謝野晶子

　秋にもなった。風が涼しく吹いて身にしむ思いのそそられる時であるから、恋しい玉鬘の所へ源氏は始終来て、一日をそこで暮らすようなことがあった。琴を教えたりもしていた。五、六日ごろの夕月は早く落ちてしまって、涼しい色の曇った空のもとでは荻の葉が哀れに鳴っていた。琴を枕にして源氏と玉鬘とは並んで仮寝をしていた。こんなみじめな境地はないであろうと源氏は歎息をしながら夜ふかしをしていたが、人が怪しむことをはばかって帰って行こうとして、前の庭の篝が少し消えかかっているのを、ついて来ていた右近衛の丞に命じてさらに燃やさせた。

二十七帖「篝火」の原文

◆紫式部◆

秋になりぬ。初風涼しく吹き出でて、背子が衣もうらさびしき心地したまふに、忍びかねつつ、いとしばしば渡りたまひて、おはしまし暮らし、御琴なども習はしきこえたまふ。五、六日の夕月夜は疾く入りて、すこし雲隠るるけしき、荻の音もやうやうあはれなるほどになりにけり。御琴を枕にて、もろともに添ひ臥したまへり。かかる類ひあらむやと、うち嘆きがちにて夜更かしたまふも、人の咎めたてまつらむことを思せば、渡りたまひなむとて、御前の篝火のすこし消えがたなるを、御供なる右近の大夫を召して、灯しつけさせたまふ。

「野分（のわき）」のあらすじ――台風で壊れた六条院を見舞った夕霧が、義母の紫の上に一目惚れをします。

八月のある日、都を襲った激しい野分（台風）が起き、野分の影響で六条院の庭は荒れ果て、草花が倒れてしまいます。その中、訪れた夕霧は、偶然にも紫の上の美しさに出会い、その姿に心を奪われます。

野分が去った翌日、源氏は夕霧を連れて六条院を訪れ、秋好中宮などの女君たちを見舞います。夕霧は玉鬘の元を訪れた際、偶然にも紫の上と源氏の仲睦まじい様子を目撃します。

さらに、夕霧は、こっそり覗き見た玉鬘の美しさに見とれると同時に、源氏が玉鬘に対して親子とは思えない態度をとっていることに驚きます。

・源氏（三十六歳）・夕霧（十五歳）・紫の上（二十八歳）

かつて見たことのない麗人である

二十八帖「野分」の現代語訳一部　与謝野晶子

南の御殿のほうも前の庭を修理させた直後であったから、この野分にもとあらの小萩（こはぎ）が奔放に枝を振り乱すのを傍観しているよりほかはなかった。枝が折られて露の宿ともなれないふうの秋草を女王（にょおう）は縁の近くに出てながめていた。源氏は小姫君の所にいたころであったが、中将が来て東の渡殿（わたどの）の衝立（ついたて）の上から妻戸の開いた中を何心もなく見ると女房がおおぜいいた。中将は立ちどまって音をさせぬようにしてのぞいていた。屏風（びょうぶ）なども風のはげしいために皆畳み寄せてあったから、ずっと先のほうもよく見えるのであるが、そこの縁付きの座敷にいる一女性が中将の目にはいった。女房たちと混同して見える姿ではない。気高（けだか）くてきれいで、さっと匂（にお）いの立つ気がして、春の曙（あけぼの）の霞（かすみ）の中から美しい樺桜（かばざくら）の咲き乱れたのを見いだしたような気がした。夢中になってながめる者の顔にまで愛嬌（あいきょう）が反映するほどである。かつて見たことのない麗人である。御簾（みす）の吹き上げられるのを、女房たちがおさえ歩くのを見ながら、どうしたのかその人が笑った。非常に美しかった。草花に同情して奥へもはいらずに紫の女王がいたのである。女房もきれいな人ばかりがいるようであっても、そんなほうへは目が移らない。父の大臣が自分に接近する機会を与えないのは、こんなふうに男性が見ては平静でありえなくなる美貌の継母と自分を、聡明な父は隔離するようにして親しませなかったのであったと思うと、中将は自身の隙見の罪が恐ろしくなって、立ち去ろうとする時に、源氏は西側の襖子をあけて夫人の居間へはいって来た。

二十八帖「野分」の原文

◆紫式部◆

南の御殿にも、前栽つくろはせたまひける折にしも、かく吹き出でて、もとあらの小萩、はしたなく待ちえたる風のけしきなり。折れ返り、露もとまるまじく吹き散らすを、すこし端近くて見たまふ。大臣は、姫君の御方におはしますほどに、中将の君参りたまひて、東の渡殿の小障子の上より、妻戸の開きたる隙を、何心もなく見入れたまへるに、女房のあまた見ゆれば、立ちとまりて、音もせで見る。御屏風も、風のいたく吹きければ、押し畳み寄せたるに、見通しあらはなる廂の御座にゐたまへる人、ものに紛るべくもあらず、気高くきよらに、さとにほふ心地して、春の曙の霞の間より、おもしろき樺桜の咲き乱れたるを見る心地す。あぢきなく、見たてまつるわが顔にも移り来るやうに、愛敬はにほひ散りて、またなくめづらしき人の御さまなり。

御簾の吹き上げらるるを、人びと押へて、いかにしたるにかあらむ、うち笑ひたまへる、いといみじく見ゆ。花どもを心苦しがりて、え見捨てて入りたまはず。御前なる人びとも、さまざまにものきよげなる姿どもは見わたさるれど、目移るべくもあらず。

「大臣のいと気遠くはるかにもてなしたまへるは、かく見る人ただにはえ思ふまじき御ありさまを、いたり深き御心にて、もし、かかることもやと思すなりけり」

と思ふに、けはひ恐ろしうて、立ち去るにぞ、西の御方より、内の御障子引き開けて渡りたまふ。

二十九帖　行幸

「行幸（みゆき）」のあらすじ――玉鬘の本当の境遇が実父である頭中将に知らされます。また、裳着の儀が行われ、冷泉帝の尚侍となります。

冷泉帝が大原野への行幸を計画し、玉鬘も参加します。行幸の中で、玉鬘は初めて自分の実父である内大臣（頭中将）の姿を見ます。しかし、彼女は内大臣よりも冷泉帝の美しい姿に魅了されます。その美しさに気持ちが震えた玉鬘は、源氏の勧めもあり、尚侍として宮中に仕えることに興味を持ちます。

源氏は再び玉鬘に入内するよう勧め、裳着の準備を進めます。しかし、腰結役を内大臣に頼むと彼は断ります。そこで源氏は内大臣の母・大宮のもとを訪れ、玉鬘と内大臣の関係を明かします。

大宮の仲介で、源氏と内大臣は久しぶりに対面し、心を通わせるのでした。

・源氏（三十六～三十七歳）・冷泉帝（十八～十九歳）・玉鬘（二十二～二十三歳）

源氏の話を聞いた瞬間から娘が見たくてならなかった

二十九帖「行幸」の現代語訳一部　与謝野晶子

十六日の朝に三条の宮からそっと使いが来て、裳着の姫君への贈り物の櫛(くし)の箱などを、にわかなことではあったがきれいにできたのを下された。

手紙を私がおあげするのも不吉にお思いにならぬかと思い、遠慮をしたほうがよろしいとは考えるのですが、大人(おとな)におなりになる初めのお祝いを言わせてもらうことだけは許していただけるかと思ったのです。あなたのお身の上の複雑な事情も私は聞いていますことを言ってよろしいでしょうか、許していただければいいと思います。

ふたかたに言ひもてゆけば玉櫛笥(たまくしげ)わがみはなれぬかけごなりけり

と老人の慄(ふる)えた字でお書きになったのを、ちょうど源氏も玉鬘のほうにいて、いろいろな式のことの指図(さしず)をしていた時であったから拝見した。

二十九帖「行幸」の原文　◆紫式部◆

かくてその日になりて、三条の宮より、忍びやかに御使あり。御櫛の筥など、にはかなれど、ことどもいときよらにしたまうて、御文には、

「聞こえむにも、いまいましきありさまを、今日は忍びこめはべれど、さるかたにても、長き例ばかりを思し許すべうや、とてなむ。あはれにうけたまはり、あきらめたる筋をかけきこえむも、いかが。御けしきに従ひてなむ。

ふたかたに言ひもてゆけば玉櫛笥

わが身はなれぬ懸子なりけり」

と、いと古めかしうわななきたまへるを、殿もこなたにおはしまして、ことども御覧じ定むるほどなれば、見たまうて、……。

三十帖　藤袴

「藤袴(ふじばかま)」のあらすじ――玉鬘の素性や仕える身分が知られ、彼女に求婚していた男たちは戸惑います。

大宮が亡くなり、孫として喪に服していた玉鬘は、尚侍に任命されたものの、出仕に悩んでいました。その時、夕霧が源氏の使者として現れます。夕霧は玉鬘に、藤袴の花を手渡しながら自身の想いを告白します。しかし、玉鬘はその想いに応えることはありませんでした。

夕霧は源氏のもとに戻り、内大臣が世間での噂として「源氏の大臣が玉鬘を側室にするつもりだ」と言っていることを伝えます。夕霧はその真実を源氏に問いただし、源氏は上手に問いをかわしますが、内大臣の洞察力に驚かされます。

・源氏（三十七歳）・夕霧（十六歳）・玉鬘（二十三歳）

求婚者は皆尚侍に決定したことを聞いて残念がった

三十帖「藤袴」の現代語訳一部　与謝野晶子

源氏も心の中で、こう人の噂する筋書きどおりのあやまった道は踏むまいとみずから警めた。このきれいな気持ちを大臣にも徹底的に知らせたいと源氏は思ったが、玉鬘を官職につけておいて情人関係を永久に失うまいとすることなどを、どうして大臣に観測されたのであろうと薄気味悪くさえなった。

玉鬘は除服したが、翌月の九月は女の宮中へはいることに忌む月でもあったから、十月になってから出仕することに源氏が決めたのを、お聞きになって帝は待ち遠しく思召した。求婚者は皆尚侍に決定したことを聞いて残念がった。それまでに縁組みを決めて、御所へはいるのを阻止したいと皆あせって、仲介者になっている女房たちを責めるのであるが、尚侍の出仕を阻止するようなことは、吉野の滝をふさぎ止めるよりもなお不可能なことであるとそれらの女たちは言っていた。

三十帖「藤袴」の原文

◆紫式部◆

大臣も、

「さりや。かく人の推し量る、案に落つることもあらましかば、いと口惜しくねぢけたらまし。かの大臣に、いかで、かく心清きさまを知らせたてまつらむ」

と思すにぞ、「げに、宮仕への筋にて、けざやかなるまじく紛れたるおぼえを、かしこくも思ひ寄りたまひけるかな」と、むくつけく思さる。

かくて御服など脱ぎたまひて、

「月立たば、なほ参りたまはむこと忌あるべし。十月ばかりに」

と思しのたまふを、内裏にも心もとなく聞こし召し、聞こえたまふ人びとは、誰も誰も、いと口惜しくて、この御参りの先にと、心寄せのよすがよすがに責めわびたまへど、

「吉野の滝を堰かむよりも難きことなれば、いとわりなし」

と、おのおの応ふ。

三十一帖　真木柱

「真木柱（まきばしら）」のあらすじ――髭黒は強引に玉鬘を奪い結婚します。彼の妻は嫉妬に狂い、実家に帰ってしまいます。

玉鬘は尚侍としての出仕を控え、髭黒に強引に契りを交わされます。髭黒は玉鬘を手に入れ喜びますが、彼女は髭黒の無骨さに耐えられず、源氏との面会を避けるようになります。

一方、玉鬘の実父である内大臣は縁談を喜び、髭黒を婿として迎えます。髭黒は邸を改築し始めますが、正妻の北の方は絶望し、娘の真木柱だけが髭黒の帰りを待ちます。

髭黒との関係に絶望した北の方が狂乱し、髭黒は恐れて、自邸に寄りつかなくなります。玉鬘は男子を出産し、髭黒の正室として家庭に身を置くことになります。

・源氏（三十七～三十八歳）・髭黒（三十二～三十三歳）・玉鬘（二十三～二十四歳）・真木柱（十二～十三歳）

こんなに悲観的になっているのが哀れで、源氏は恋をささやくこともできなかった

三十一帖「真木柱」の現代語訳一部　与謝野晶子

御所へ尚侍を出すことで大将は不安をさらに多く感じるのであるが、それを機会に御所から自邸へ尚侍を退出させようと考えるようになってからは、短時日の間だけを宮廷へ出ることを許すようになった。こんなふうに婿として通って来る様式などは馴れないことで大将には苦しいことであったから、自邸を修繕させ、いっさいを完全に設けて一日も早く玉鬘を迎えようとばかり思っていた。今日までは邸の中も荒れてゆくに任せてあったのである。夫人の悲しむ心も知らず、愛していた子供たちも大将の眼中にはもうなかった。好色な風流男というものは、ただ一人の人だけを愛するのでなしに、だれのため、彼のためも考えて思いやりのある処置をとるものであるが、生一本な人のこうした場合の態度には一方の夫人としてはたまるまいと憐まれるものがあった。

三十一帖「真木柱」の原文　◆紫式部◆

内裏へ参りたまはむことを、やすからぬことに大将思せど、そのついでにや、まかでさせたてまつらむの御心つきたまひて、ただあからさまのほどを許しきこえたまふ。かく忍び隠ろへたまふ御ふるまひも、ならひたまはぬ心地に苦しければ、わが殿のうち修理ししつらひて、年ごろは荒らし埋もれ、うち捨てたまへりつる御しつらひ、よろづの儀式を改めいそぎたまふ。

北の方の思し嘆くらむ御心も知りたまはず、かなしうしたまひし君達をも、目にもとめたまはず、なよびかに情け情けしき心うちまじりたる人こそ、とざまかうざまにつけても、人のため恥がましからむことをば、推し量り思ふところもありけれ、ひたおもむきにすくみたまへる御心にて、人の御心動きぬべきこと多かり。

三十二帖　梅枝

「梅枝(うめがえ)」のあらすじ――明石の姫君が成人し、盛大な裳着の儀が開催されます。

源氏は明石の姫君の裳着(もぎ)の準備に忙しく、同時に東宮の元服も近づいており、元服後に姫君が入内するための支度を進めています。公私ともに安定した状態にある源氏は、薫物合わせという催しを企画します。美しい香りのする物品が集められ、催しが開かれた後、明石の姫君の裳着の儀式が執り行われ、腰結役は秋好中宮自身が務めました。

二月になり、東宮が元服を迎えました。しかし、明石の姫君の異例の権勢を恐れ、他の姫君の入内が遠慮されることを嫌った源氏は、姫君の入内を延期する決断をします。また、夕霧を心配し、親として説教をします。

・源氏（三十九歳）・夕霧（十八歳）

この美しい人たちは皆自身の一家族であるという幸福を源氏は感じた

三十二帖「梅枝」の現代語訳一部　与謝野晶子

裳着(もぎ)の式を行なう西の町へ源氏夫婦と姫君は午後八時に行った。中宮のおいでになる御殿の西の離れに式の設けがされてあって、姫君のお髪上げ(ぐしあ)役の（正装の場合には前髪を少しくくるのである）内侍などもこちらへ来たのである。紫夫人もこのついでに中宮へお目にかかった。中宮付き、夫人付き、姫君付きの盛装した女房のすわっているのが数も知れぬほどに見えた。裳を付ける式は十二時に始まったのである。ほのかな灯(ひ)の光で御覧になったのであるが、姫君を美しく中宮は思召(おぼしめ)した。

「お愛しくださいますことを頼みにいたしまして、失礼な姿も御前へ出させましたのです。尊貴なあなた様がかようなお世話をくださいますことなどは例もないことであろうと感激に堪えません」

と源氏は申し上げていた。

三十二帖「梅枝」の原文　◆紫式部◆

かくて、西の御殿に、戌の時に渡りたまふ。宮のおはします西の放出をしつらひて、御髪上の内侍なども、やがてこなたに参れり。上も、このついでに、中宮に御対面あり。御方々の女房、押しあはせたる、数しらず見えたり。

子の時に御裳たてまつる。大殿油ほのかなれど、御けはひいとめでたしと、宮は見たてまつれたまふ。大臣、

「思し捨つまじきを頼みにて、なめげなる姿を、進み御覧ぜられはべるなり。後の世のためしにやと、心狭く忍び思ひたまふる」

など聞こえたまふ。

「藤裏葉（ふじのうらば）」のあらすじ――夕霧たちの結婚が認められます。皇太子妃となる明石の姫君は実母と再会します。

夕霧と雲居の雁の恋愛は数年前に強制的に終わらせられましたが、二人の関係はすでに広く知られ、夕霧は別の相手との結婚を急がず、内大臣も自身が折れるべきだと考えるようになります。

四月になり、内大臣の息子である柏木が藤の花の宴を開くことになり、夕霧は招待されます。源氏は夕霧に出かけるよう促し、上等な衣服を与えます。

藤の花の宴で、内大臣は夕霧と雲居の雁の結婚を認めます。源氏は夕霧の忍耐強さを褒め称え、内大臣も入内の競争よりも立派な婿を迎えた結婚の幸せを感じ、夕霧を大切にします。

・源氏（三十九歳）・夕霧（十八歳）・雲居の雁（二十歳）・明石の姫君（十一歳）

夢のような運命の変わりようにも自己の優越を感じた

三十三帖「藤裏葉」の現代語訳一部　与謝野晶子

七日の夕月夜の中に池がほの白く浮かんで見えた。大臣の言葉のように、春の花が皆散ったあとで若葉もありなしの木の梢（こずえ）の寂しいこのごろに、横が長く出た松の、たいして大木でないのへ咲きかかった藤の花は非常に美しかった。例の美音の弁（べん）の少将がなつかしい声で催馬楽（さいばら）の「葦垣（あしがき）」を歌うのであった。

「すばらしいね」と大臣は戯談（じょうだん）を言って、「年経にけるこの家の」と上手（じょうず）に声を添えた。おもしろい夕月夜の藤の宴に宰相中将の憂愁は余す所なく解消された。夜がふけてから源中将は酔いに悩むふうを作って、「あまり酔って苦しくてなりません。無事に帰りうる自信も持てませんからあなたの寝室を拝借できませんか」

と頭中将に言っていた。

三十三帖「藤裏葉」の原文　◆紫式部◆

七日の夕月夜、影ほのかなるに、池の鏡のどかに澄みわたれり。げに、まだほのかなる梢どものさうざうしきころなるに、いたうけしきばみ横たはれる松の、木高きほどにはあらぬに、かかれる花のさま、世の常ならずおもしろし。

例の、弁少将、声いとなつかしくて、「葦垣」を謡ふ。大臣、

「いとけやけうも仕うまつるかな」

と、うち乱れたまひて、

「年経にけるこの家の」

と、うち加へたまへる御声、いとおもしろし。をかしきほどに乱りがはしき御遊びにて、もの思ひ残らずなりぬめり。

やうやう夜更け行くほどに、いたうそら悩みして、

「乱り心地いと堪へがたうて、まかでむ空もほとほとしうこそはべりぬべけれ。宿直所譲りたまひてむや」

と、中将に愁へたまふ。

コラム　物の怪ってなに？

“物の怪”とは、人間に取り憑いて苦しめたり病気にしたり、はたまた殺したりするといわれる怨霊や生霊などをさし、平安時代の文献によく登場します。

当時は、肉体や精神の病が治癒しない場合、物の怪が原因と思われていました。

平安貴族が物の怪に取り憑かれたら、真言密教の高僧を呼び、僧侶は物の怪を加持祈禱によって追い出し、いったん別の人憑坐にのりうつらせ、さらにそこから外界へ追い出す……という方法があります。

『源氏物語』では六条御息所の生霊が有名で、「人にさらに移らず、ただみづからの御身につと添ひたるさまにて、ことにおどろおどろしうわづらはしきこゆることもなけれど、また、片時離るる折もなきもの一つあり」と、憑座にのりうつらなかった霊がひとつありそれが御息所の生霊なのでは、と推測することもできます。

しかし、祈祷中御息所の声が光源氏にしか聞こえていないこと、御息所の着物に葵の上の加持祈祷の際に用いられた芥子の匂いが染み付いて……とあるが御息所の幻臭かもしれないこと、それらを考えると、正妻である葵の上をほったらかしにして他の女性と逢瀬を重ねていたことに対する源氏のやましさが御息所の生霊を見せた、という説もあります。

第二部

光源氏、老いる

三十四帖～四十一帖

三十四帖　若菜上

「若菜上（わかなのじょう）」のあらすじ――女三の宮が光源氏に降嫁し、紫の上は動揺します。

朱雀院が病に倒れ、女三の宮の将来を心配した源氏は、彼女を妻にすることを決意します。女三の宮の幼さに失望する源氏ですが、紫の上は、正室として迎える準備を進めます。源氏は紫の上のすばらしさを改めて感じますが、かつての恋人である朧月夜に再会し関係を結びます。源氏は、執着しますが、彼女は拒絶します。

明石の女御は体調が悪くなり、六条院に帰りたいと訴えますが、東宮が許しません。明石の女御は懐妊していることがわかり、紫の上は女三の宮への挨拶を申し出ます。三月、女御は東宮の男御子を出産し、喜びに包まれますが、明石入道の消息文を読んで涙します。

・源氏（三十九～四十一歳）・紫の上（三十一～三十三歳）・女三の宮（十三～十六歳）

何事にもどうした前生の大きな報いを得ておられる人か

三十四帖「若菜上」の現代語訳一部　与謝野晶子

のぞき見をしていた若い女房たちが、

「珍しい美男でいらっしゃる。御様子だってねえ、なんというごりっぱさでしょう」

集まってこんなことを言っているのを、聞いていた老けたほうに属する女房らが、

「それでも六条院様のあのお年ごろのおきれいさというものはそんなものではありませんでしたよ。比較には、まあなりませんね、それはね、目もくらんでしまうほどお美しかったものですよ」

と言っても、若い人たちは承知をしない。こうした争いのお耳にはいった院が、

「そのとおりだよ。あの人の美は普通の美の標準にはあてはまらないものだった。近ごろはまたいっそうりっぱになられて光彩そのもののような気がする。……」

三十四帖「若菜上」の原文　◆紫式部◆

女房などは、覗きて見きこえて、

「いとありがたくも見えたまふ容貌、用意かな」

「あな、めでた」

など、集りて聞こゆるを、老いしらへるは、

「いで、さりとも、かの院のかばかりにおはせし御ありさまには、えなずらひきこえたまはざめり。いと目もあやにこそきよらにものしたまひしか」

など、言ひしろふを聞こしめして、

「まことに、かれはいとさま異なりし人ぞかし。今はまた、その世にもねびまさりて、光るとはこれを言ふべきにやと見ゆる匂ひなむ、いとど加はりにたる。……」

三十五帖　若菜下

「若菜下（わかなのげ）」のあらすじ――紫の上が病に倒れ、光源氏は彼女の看病に専念します。柏木は女三の宮を妊娠させます。

四年の月日が流れ、源氏はさらに女三の宮を大切に扱います。明石の君、女三の宮と比べて、自分の立場に対して心細さを感じる紫の上は出家を志します。源氏は朱雀院の五十の賀に備えて、女三の宮に琴を教授します。六条院にて華やかな女楽が催された直後、紫の上は重病に伏してしまい、二条院に移されます。柏木は女三の宮の姉（落葉の宮）と結婚しましたが、気持ちは女三の宮に固執していました。その後、女三の宮は懐妊します。そのことに気づいた源氏は不審に思い、女三の宮の部屋で柏木の手紙を見つけます。真相を知られたことに気づいた柏木は恐怖のあまり、病に倒れてしまいました。

・源氏（四十一～四十七歳）・紫の上（三十三～三十九歳）・女三の宮（十五～二十一歳）

最愛の妻の命は人力も法力も施しがたい終わりになったのか

三十五帖「若葉下」の現代語訳一部　与謝野晶子

院はまれにお訪ねになった宮の所からすぐに帰ることを気の毒にお思いになり、泊まっておいでになったが、病夫人を気づかわしくばかり思っておいでになる所へ使いが来て、急に息が絶えたと知らせた。院はいっさいの世界が暗くなったようなお気持ちで二条の院へ帰ってお行きになるのであったが、車の速度さえもどかしく思っておいでになると、二条の院に近い大路はもう立ち騒ぐ人で満たされていた。邸内からは泣き声が多く聞こえて、大きな不祥事のあることは覆いがたく見えた。夢中で家へおはいりになったが、

「この二、三日は少しお快いようでございましたのに、にわかに絶息をあそばしたのでございます」

こんな報告をした女房らが、自分たちも、いっしょに死なせてほしいと泣きむせぶ様子も悲しかった。

三十五帖「若葉下」の原文

◆紫式部◆

大殿の君は、まれまれ渡りたまひて、えふとも立ち帰りたまはず、静心なく思さるるに、

「絶え入りたまひぬ」

とて、人参りたれば、さらに何事も思し分かれず、御心も暮れて渡りたまふ。道のほどの心もとなきに、げにかの院は、ほとりの大路まで人立ち騒ぎたり。殿のうち泣きののしるけはひ、いとまがまがし。我にもあらで入りたまへれば、

「日ごろは、いささか隙見えたまへるを、にはかになむ、かくおはします」

とて、さぶらふ限りは、我も後れたてまつらじと、惑ふさまども、限りなし。

三十六帖　柏木

「柏木（かしわぎ）」のあらすじ――女三の宮が柏木の子である薫を産み、出家してしまいます。柏木も衰弱し命を落とします。

病床に伏した柏木は、日を追うごとに体調が悪化し、女三の宮に手紙を送り、返事を眺めては、心を慰めていました。

やがて、女三の宮は男子（薫）を出産しますが、病弱で心配され、出家を願います。柏木は彼女を引き留めようとしますが、女三の宮の決意は固く、彼女は朱雀院の手で髪を下ろして寺に移ります。柏木は女三の宮の出家を知り、絶望に打ちひしがれます。彼の病状を心配した今上帝は権大納言の位を贈ります。その後、柏木は亡くなります。

薫の五十日の祝いの際、源氏は柏木の面影を見て涙し、夕霧は柏木の遺言に従って、未亡人となった落葉の宮を訪れます。

・源氏（四十八歳）・女三の宮（二十二～二十三歳）・柏木（三十二～三十三歳）

逢いたがっておいでになった顔をそこでよく見るがいい

三十六帖「柏木」の現代語訳一部　与謝野晶子

宮も弱々しくお泣きになって、

「私の命はもう助かるとは思えないのでございますから、おいでくださいましたこの機会に私を尼にあそばしてくださいませ」

こうお言いになるのであった。

「その志は結構だが、命は予測することを許されないものだから、あなたのような若い人は今後長く生きているうちに、迷いが起こって、世間の人に譏(そし)られるようなことにならぬとは限らない。慎重に考えてからのことにしては」

などと法皇はお言いになって、六条院に、

「こう進んで言いますが、すでに危篤な場合とすれば、しばらくもその志を実現させることによって仏の冥助(みょうじょ)を得させたいと私は思う」

と仰せられた。

三十六帖「柏木」の原文

◆紫式部◆

宮も、いと弱げに泣いたまひて、

「生くべうもおぼえはべらぬを、かくおはしまいたるついでに、尼になさせたまひてよ」

と聞こえたまふ。

「さる御本意あらば、いと尊きことなるを、さすがに、限らぬ命のほどにて、行く末遠き人は、かへりてことの乱れあり、世の人に誹らるるやうありぬべき」

などのたまはせて、大殿の君に、

「かくなむ進みのたまふを、今は限りのさまならば、片時のほどにても、その助けあるべきさまにてとなむ、思ひたまふる」

とのたまへば、……。

三十七帖　横笛

「横笛」のあらすじ——「横笛」では、夕霧が亡き柏木の妻である落葉の宮から遺された笛を預かり、光源氏に渡します。

柏木の一周忌が訪れ、源氏と夕霧は、盛大な法要を営みました。秋の夕暮れ、夕霧は柏木の未亡人である落葉の宮を訪れます。その帰り道、落葉の宮の母である一条御息所は、柏木の形見の横笛を夕霧に贈ります。その夜に、夢の中で柏木が立ち、横笛を伝えるべき人物が他にいることを夕霧に告げます。後日、夕霧は源氏のもとを訪れ、明石の女御の子供たちと遊ぶ薫を見て、柏木に似ていると感じます。そして、柏木の遺言と夢の話を源氏に伝えますが、源氏は話をそらし、ただ横笛を預かると言うだけでした。

・源氏（四十九歳）・夕霧（二十八歳）・薫（二歳）

正面から恋を告げようとはしないのであるが、におわせるほどには言葉に盛って

三十七帖「横笛」の現代語訳一部　与謝野晶子

「今夜の御風流は非難いたす者もございませんでしょう。昔の日の話をお補いくださいます程度にしかお聞かせくださいませんでしたのが残り多く思われてなりません」

と言い、御息所は大将への贈り物へ笛を添えて出した。

「この笛のほうは古い伝統のあるものと伺っておりました。こんな女住居(ずまい)に置きますことも、有名な楽器のために気の毒でございますから、お持ちくださいましてお吹きくださいませば、前駆の声に混じります音を楽しんで聞かせていただけるでしょう」

と御息所は言った。

「つたない私がいただいてまいることは似合わしくないことでしょう」

こう言いながら大将は手に取って見た。

これも始終柏木が使っていて、自分もこの笛を生かせるほどには吹けない。自分の愛する人に与えたいとこんなことを柏木の言うのも聞いたことのある大将であったから、故人の琴に対した時よりもさらに多くの感情が動いた。

三十七帖「横笛」の原文

◆紫式部◆

「今宵の御好きには、人許しきこえつべくなむありける。そこはかとなきいにしへ語りにのみ紛らはさせたまひて、玉の緒にせむ心地もしはべらぬ、残り多くなむ」

とて、御贈り物に笛を添へてたてまつりたまふ。

「これになむ、まことに古きことも伝はるべく聞きおきはべりしを、かかる蓬生に埋もるるもあはれに見たまふるを、御前駆に競はむ声なむ、よそながらもいぶかしうはべる」

と聞こえたまへば、

「似つかはしからぬ随身にこそははべるべけれ」

とて、見たまふに、これもげに世とともに身に添へてもてあそびつつ、

「みづからも、さらにこれが音の限りは、え吹きとほさず。思はむ人にいかで伝へてしがな」

と、をりをり聞こえごちたまひしを思ひ出でたまふに、今すこしあはれ多く添ひて、試みに吹き鳴らす。

三十八帖　鈴虫

「鈴虫」のあらすじ――出家した女三の宮の世話もする光源氏。彼は冷泉院と対面し、感慨に浸ります。

夏、女三の宮の持仏の開眼供養が御堂で盛大に行われました。朱雀院は女三の宮を三条宮に移すことを勧めますが、源氏は若い妻を手放すことに躊躇します。

秋になり、源氏は、女三の宮の部屋の庭を秋の風情に整え、鈴虫などの虫を放ちます。虫の音に誘われて、女三の宮への想いを熱く語る源氏でした。

八月の十五夜に、源氏が女三の宮のところで琴を奏でていると、蛍兵部卿宮や夕霧が訪れ、宴が催されます。その後、冷泉院からの招待を受け、源氏たちは詩や歌、音楽に興じ、明け方まで楽しみます。

・源氏（五十歳）・女三の宮（二十四～二十五歳）・夕霧（二十九歳）

さして厭世(えんせい)的になる理由のない人が断然この世の中を捨てることは至難なこと

三十八帖「鈴虫」の現代語訳一部　与謝野晶子

「ただ今はこうして御閑散なのですから、始終お伺いして、何ということもありませんが年のいくのとさかさまにますます濃くなる昔の思い出についてお話もし、承りもしたいのを果たすことがなかなか困難です。出家をしたのでもなし、俗人でもないような身の上で、行動の窮屈な点があります。どちらにも私よりあとに志を起こして先へ進まれる求道者が多いのですから心細くて、思いきって田舎(いなか)の寺へはいることにしようかともいよいよ近ごろは思われるのですが、あとの家族たちに関心をお持ちくださるようには以前からもお頼みしていることですが、その時になりましたら憐(あわれ)みをお垂(た)れになってください」

などと六条院はまじめな御様子でお語りになった。

三十八帖「鈴虫」の原文　◆紫式部◆

「今はかう静かなる御住まひに、しばしばも参りぬべく、何とはなけれど、過ぐる齢に添へて、忘れぬ昔の御物語など、承り聞こえまほしう思ひたまふるに、何にもつかぬ身のありさまにて、さすがにうひうひしく、所狭くもはべりてなむ。

我より後の人びとに、方々につけて後れゆく心地しはべるも、いと常なき世の心細さの、のどめがたうおぼえはべれば、世離れたる住まひにもやと、やうやう思ひ立ちぬるを、残りの人びとのものはかなからむ、漂はしたまふな、と先々も聞こえつけし心違へず、思しとどめてものせさせたまへ」

など、まめやかなるさまに聞こえさせたまふ。

三十九帖　夕霧

「夕霧（ゆうぎり）」のあらすじ——夕霧はますます落葉の宮に惹かれていきます。一方、雲居の雁は嫉妬に駆られて実家に帰ってしまいます。

柏木の未亡人である落葉の宮は、母の一条御息所のために小野の山荘に移り住んでいました。夕霧は落葉の宮に恋心を抱き、御息所の見舞いを口実に小野を訪れます。夕霧は宮の傍らで宿を求めますが、落葉の宮は拒否し続け、夜が明けるまで彼の想いには応えませんでした。

御息所は夕霧と落葉の宮の一夜の関係を疑い、夕霧に文を送りますが、雲居の雁によって文が届かず、そのうち御息所は急死してしまいます。失意の落葉の宮に夕霧は強引に結婚を迫ります。

・源氏（五十歳）・夕霧（二十九歳）・雲居の雁（三十一歳）

朝になることも夜になることも宮は忘れておいでになる

三十九帖「夕霧」の現代語訳一部　与謝野晶子

夕霧からは毎日のようにお見舞いの手紙が送られた。寂しい念仏僧を喜ばせるに足るような物もしばしば贈られた。宮へは真心の見える手紙を次々にお送りして、自分の恋に対して御冷淡である恨みを語るほかには、今も御息所の死を悲しむ真情を言い続けた消息であった。しかも宮はそれらを手に取ってながめようともあそばさないのである。あのいまわしかった事件を、衰弱しきった病体で御息所は確かに悲しみもだえて死んだことをお思いになると、そのことが母君の後世の妨げにもなったような気があそばされて、悲しさが胸に詰まるほどにも思召されるのであるから、大将に触れたことを言うと、その人を恨めしく思召してお泣きになるのを見て、女房たちも手の出しようがないのである。

三十九帖「夕霧」の原文

◆紫式部◆

大将殿は、日々に訪らひきこえたまふ。寂しげなる念仏の僧など、慰むばかり、よろづの物を遣はし訪らはせたまひ、宮の御前には、あはれに心深き言の葉を尽くして怨みきこえ、かつは、尽きもせぬ御訪らひを聞こえたまへど、取りてだに御覧ぜず、すずろにあさましきことを、弱れる御心地に、疑ひなく思ししみて、消え失せたまひにしことを思し出づるに、「後の世の御罪にさへやなるらむ」と、胸に満つ心地して、この人の御ことをだにかけて聞きたまふは、いとどつらく心憂き涙のもよほしに思さる。人びとも聞こえわづらひぬ。

四十帖　御法

「御法（みのり）」のあらすじ――紫の上の病状が悪化します。彼女は出家を希望しますが、叶わぬまま息を引き取ります。

紫の上は長い病気を患い出家を願っていましたが、源氏は許しませんでした。三月、紫の上のために法華経千部の供養が行われ、明石の御方や花散里も訪れました。夏になると紫の上の状態は悪化し、明石の中宮も里帰りしてきます。紫の上は孫の三の宮に庭の桜を自分の代わりに愛でてほしいとそれとなく遺言します。秋の夕暮れに中宮と源氏が紫の上を訪れ、歌を詠み交わします。しかし、その後容態が急変し、明け方に紫の上は亡くなります。

源氏は紫の上から離れず、葬儀の手配を取り仕切る夕霧が来ても涙を隠そうともせず、嘆き悲しんでいました。紫の上の亡骸はすぐに荼毘に付され、翌日には葬送が行われ、多くの人々が弔問に訪れました。

・源氏（五十一歳）・紫の上（四十三歳）・夕霧（三十歳）

命は何の力でもとどめがたいものであるのは悲しい事実である

四十帖「御法」の現代語訳一部　与謝野晶子

「もうあちらへおいでなさいね。私は気分が悪くなってまいりました。病中と申してもあまり失礼ですから」

といって、女王は几帳を引き寄せて横になるのであったが、平生に超えて心細い様子であるために、どんな気持ちがするのかと不安に思召して、宮は手をおとらえになって泣く泣く母君を見ておいでになったが、あの最後の歌の露が消えてゆくように終焉の迫ってきたことが明らかになったので、誦経の使いが寺々へ数も知らずつかわされ、院内は騒ぎ立った。

　以前も一度こんなふうになった夫人が蘇生した例のあることによって、物怪のすることかと院はお疑いになって、夜通しさまざまのことを試みさせられたが、かいもなくて翌朝の未明にまったくこと切れてしまった。

四十帖「御法」の原文

◆紫式部◆

「今は渡らせたまひね。乱り心地いと苦しくなりはべりぬ。いふかひなくなりにけるほどと言ひながら、いとなめげにはべりや」

とて、御几帳引き寄せて臥したまへるさまの、常よりもいと頼もしげなく見えたまへば、

「いかに思さるるにか」

とて、宮は、御手をとらへたてまつりて、泣く泣く見たてまつりたまふに、まことに消えゆく露の心地して、限りに見えたまへば、御誦経の使ひども、数も知らず立ち騒ぎたり。先ざきも、かくて生き出でたまふ折にならひたまひて、御もののけと疑ひたまひて、夜一夜さまざまのことをし尽くさせたまへど、かひもなく、明け果つるほどに消え果てたまひぬ。

四十一帖　幻

「幻（まぼろし）」のあらすじ——紫の上の死に光源氏は深く悲しみ、彼は彼女の手紙さえも燃やし、出家を決意します。（この後に「雲隠」がありますが、光源氏の死を暗示する巻名のみが伝えられ、本文は存在しません。）

紫の上の死後、新年が訪れます。源氏は悲しみ、年賀の客にも会わず閉じこもり、女房たちと後悔や懺悔を語り合います。明石の中宮は宮中に帰り、源氏は亡き紫の上に思いを馳せるのでした。

季節は移り変わり、供養や行事が行われる中、源氏は出家の決意を固めます。紫の上からの手紙を見つけますが、すべてを破棄するのでした。

源氏は今年が最後と覚悟して、人生を振り返るのでした。

・源氏（五十二歳）・明石の中宮（二十四歳）

次の春になれば出家を実現させる

四十一帖「幻」の現代語訳一部　与謝野晶子

院の御美貌(びぼう)は昔の光源氏でおありになった時よりもさらに光彩が添ってお見えになるのを仰いで、この老いた僧はとめどなく涙を流した。

今年が終わることを心細く思召す院であったから、若宮が、

「儺追(なやら)いをするのに、何を投げさせたらいちばん高い音がするだろう」

などと言って、お走り歩きになるのを御覧になっても、このかわいい人も見られぬ生活にはいるのであるとお思いになるのがお寂しかった。物思(も)ふと過ぐる月日も知らぬまに年もわが世も今日や尽きぬる

元日の参賀の客のためにことにはなやかな仕度(したく)を院はさせておいでになった。親王がた、大臣たちへのお贈り物、それ以下の人たちへの纏頭(てんとう)の品などもきわめてりっぱなものを用意させておいでになった。

四十一帖「幻」の原文

◆紫式部◆

その日ぞ、出でたまへる。御容貌、昔の御光にもまた多く添ひて、ありがたくめでたく見えたまふを、この古りぬる齢の僧は、あいなう涙もとどめざりけり。

年暮れぬと思すも、心細きに、若宮の、

「儺やらはむに、音高かるべきこと、何わざをせさせむ」

と、走りありきたまふも、「をかしき御ありさまを見ざらむこと」と、よろづに忍びがたし。

「もの思ふと過ぐる月日も知らぬまに
年もわが世も今日や尽きぬる」

朔日のほどのこと、「常よりことなるべく」と、おきてさせたまふ。親王たち、大臣の御引出物、品々の禄どもなど、何となう思しまうけて、とぞ。

四十一帖　幻

コラム　感染症が大流行する！

いつの時代にも感染症の流行はあります。

平安時代も毎年のように疫病の流行が繰り返されました。疱瘡（天然痘）や麻疹（はしか）や赤痢などが大流行し、医療が発達していないため致死率も高かったのです。

平安時代中期、貴族が病気になると薬師が薬や灸や針などで治療しましたが、重病の場合や原因がわからない場合は物の怪や悪霊の仕業とされ、修験者や陰陽師による加持祈祷や呪術に頼るしかありませんでした。

『源氏物語』にも感染症などの病気の描写がたびたび出てきます。第五帖「若紫」に「わらはやみにわづらひ給ひて」とあり、光源氏が瘧病（マラリア）に罹ったと思われる記述があります。

他にも、明石の中宮が咳病に罹ったり柏木が脚気になるなど、病気の描写が色々と出てきます。

しかし、たとえば第十三帖「明石」で朱雀帝が夢で故桐壺院に睨まれたら眼病を患ったなど、心理的な悩みや不安やストレスから病になっていると思われるパターンが多くあります。

病は気から、これは現代とあまり変わらないことがわかります。

第三部

光源氏の子供たち

四十二帖〜五十四帖

四十二帖　匂宮

「匂宮」のあらすじ――時は光源氏の死後に移り、子孫の時代へと続きます。若き薫と匂宮が活躍する物語が展開されます。

源氏亡き後、その美しさや華やかさに匹敵する者は現れませんでしたが、あえていうならば、今上帝と明石の中宮の子である匂宮と、源氏と女三の宮の子である薫の二人が、評判となっていました。

二人は官位の昇進もめざましく世間の評判も高いことから、貴族界ではどちらかを娘の婿にと望む公卿たちが多くおり、夕霧も画策していました。匂宮は冷泉院の女一の宮に好意を寄せるなど自由な恋愛を好み、薫は自らの出生に疑問を抱き厭世観が強く、女性と関係を持つことに積極的ではありませんでした。

・薫（十四～二十歳）・匂宮（十五～二十一歳）・夕霧（四十～四十六歳）

この世のものとも思われぬ高尚な香

四十二帖「匂宮」の現代語訳一部　与謝野晶子

この世のものとも思われぬ高尚(こうしょう)な香を身体(からだ)に持っているのが最も特異な点である。遠くにいてさえこの人の追い風は人を驚かすのであった。これほどの身分の人が風采(ふうさい)をかまわずにありのままで人中へ出るわけはなく、少しでも人よりすぐれた印象を与えたいという用意はするはずであるが、怪しいほど放散するにおいに忍び歩きをするのも不自由なのをうるさがって、あまり薫香(たきもの)などは用いない。それでもこの人の家に蔵(しま)われた薫香(たきもの)が異なった高雅な香の添うものになり、庭の花の木もこの人の袖(そで)が触れるために、春雨の降る日の枝の雫(しずく)も身にしむ香を放つことになった。秋の野のだれのでもない藤袴(ふじばかま)はこの人が通ればもとの香が隠れてなつかしい香に変わるのであった。こんなに不思議な清香の備わった人である点を兵部卿(ひょうぶきょう)の宮は他のことよりもうらやましく思召(おぼしめ)して、競争心をお燃やしになることになった。

四十二帖「匂宮」の原文　◆紫式部◆

香のかうばしさぞ、この世の匂ひならず、あやしきまで、うち振る舞ひたまへるあたり、遠く隔たるほどの追風に、まことに百歩の外も薫りぬべき心地しける。誰も、さばかりになりぬる御ありさまの、いとやつればみ、ただありなるやはあるべき、さまざまに、われ人にまさらむと、つくろひ用意すべかめるを、かくかたはなるまで、うち忍び立ち寄らむものの隈も、しるきほのめきの隠れあるまじきに、うるさがりて、をさをさ取りもつけたまはねど、あまたの御唐櫃にうづもれたる香の香どもも、この君のは、いふよしもなき匂ひを加へ、御前の花の木も、はかなく袖触れたまふ梅の香は、春雨の雫にも濡れ、身にしむる人多く、秋の野に主なき藤袴も、もとの薫りは隠れて、なつかしき追風、ことに折なしからなむまさりける。

かく、いとあやしきまで人のとがむる香にしみたまへるを、兵部卿宮なむ、異事よりも挑ましく思して、……。

四十三帖　紅梅

「紅梅（こうばい）」のあらすじ――頭中将の息子である按察（あぜち）大納言が夕霧と競い合い、長女を皇太子妃に迎えます。

故致仕大臣（頭中将）の次男である按察大納言（紅梅）には、亡くなった北の方（正妻）との間に大君・中の君の二人の姫君がおりました。大納言は、髭黒大臣の娘で故蛍兵部卿宮の北の方だった真木柱と再婚しており、二人の間には男子（大夫の君）がいます。真木柱には蛍兵部卿宮との間に姫君（宮の御方）がおり、姫君は大納言の邸で暮らしています。

大納言は、大君を明石の中宮の子である東宮のもとへすでに入内させていて、中の君は匂宮の元へ嫁がせようと考えますが、匂宮は宮の御方に想いを寄せていました。

・夕霧（五十歳）・按察大納言（五十四～五十五歳）

女王のために頼もしい良人になっていただけるとは思われない

四十三帖「紅梅」の現代語訳一部　与謝野晶子

良人（おっと）を失望させてもしかたがない、婿にしてみたい気のする輝かしい未来も予想される方であると思って、夫人は時々どうしようかという気になることもあるのであるが、あまり多情で、恋人を多くお持ちになり、八の宮の姫君にも執心されてたびたび宇治にまでお出かけになることも噂（うわさ）されるのであるから、女王のために頼もしい良人になっていただけるとは思われない、不幸な境遇の娘であるから、もし結婚をさせることになれば万全の縁でなければ人笑われになるばかりであると、だいたいの心はお断わりすることにきめてしまって、御身分柄のもったいなさに、母として夫人が時々お返事を出したりだけはしていた。

四十三帖「紅梅」の原文

◆紫式部◆

「何かは、人の御ありさま、などかは、さても見たてまつらまほしう、生ひ先遠くなどは見えさせたまふに」など、北の方思ほし寄る時々あれど、いといたう色めきたまひて、通ひたまふ忍び所多く、八の宮の姫君にも、御心ざしの浅からで、いとしげうまうでありきたまふ。頼もしげなき御心の、あだあだしさなども、いとどつつましければ、まめやかには思ほし絶えたるを、かたじけなきばかりに、忍びて、母君ぞ、たまさかにさかしらがり聞こえたまふ。

四十四帖　竹河

「竹河」のあらすじ――子どもの多い玉鬘の境遇が描かれます。髭黒の死後、後見がない子どもたちは苦労の日々を送ります。

髭黒太政大臣が亡くなり、三男二女とともに遺された玉鬘は、姫君二人（大君、中の君）の嫁ぎ先を思案します。今上帝から入内を望まれますが、すでに義妹である明石の中宮が入内していることに気後れします。冷泉院からも声がかかりますが、異母妹の弘徽殿女御が嫁いでいることもあり、躊躇します。薫や蔵人少将（夕霧の五男）も大君に想いを寄せていました。

桜の盛りに、蔵人少将は、玉鬘邸で二人の姫君が御簾をあげ碁を打っている姿を垣間見てその美しさにますます大君への思いを募らせ、母である雲居雁に取次を懇願します。

・**薫**（十四～二十三歳）・**玉鬘**（四十七～五十六歳）・**大君**（十六～二十五歳）

薫を、夫人は婿にしておいたならと思って見ていた

四十四帖「竹河」の現代語訳一部　与謝野晶子

夫人もまた世間の噂と院の御所の空気に苦労ばかりがされて、

「かわいそうな女御さんほどに苦しまないでも幸福をやすやすと得ている人は世間に多いのだろうがね。条件のそろった幸運に恵まれている人でなければ宮仕えを考えてはならないことだよ」

と歎息していた。以前の求婚者で、順当に出世ができ、婿君であっても恥ずかしく思われない人が幾人もあった。その中でも源侍従と言われた最も若かった公子は参議中将になっていて、今では「匂いの人」「薫る人」と世間で騒ぐ一人になっていた。重々しく落ち着いた人格で、尊い親王がた、大臣家から令嬢との縁談を申し込まれても承知しないという取り沙汰を聞いても、

「以前はまだたよりない若い方だったが、りっぱになってゆかれるらしい」

玉鬘夫人は寂しそうに言っていた。

四十四帖「竹河」の原文 ◆紫式部◆

心やすからず、聞き苦しきままに、

「かからで、のどやかにめやすくて世を過ぐす人も多かめりかし。限りなき幸ひなくて、宮仕への筋は、思ひ寄るまじきわざなりけり」

と、大上は嘆きたまふ。

聞こえし人びとの、めやすくなり上りつつ、さてもおはせましに、かたはならぬぞあまたあるや。その中に、源侍従とて、いと若う、ひはづなりと見しは、宰相の中将にて、「匂ふや、薫るや」と、聞きにくくめで騒がるなる、げに、いと人柄重りかに心にくきを、やむごとなき親王たち、大臣の、御女を、心ざしありてのたまふなるなども、聞き入れずなどあるにつけて、「そのかみは、若う心もとなきやうなりしかど、めやすくねびまさりぬべかめり」など、言ひおはさうず。

四十五帖　橋姫

「橋姫（はしひめ）」のあらすじ――薫が宇治の八の宮と出会います。彼は偶然に彼女の娘を目撃し、大君に惹かれます。

桐壺院の八の宮は、時勢とともに零落し世間から忘れ去られ、北の方には先立たれ屋敷は火事になり、宇治の山荘で出家を望みつつ二人の姫君（大君、中の君）と暮らしていました。宇治山の阿闍梨から八の宮を知った薫は、その俗聖ぶりに惹かれ傾倒し、宇治に通うようになります。

宇治に通い始めて三年目のある日、箏と琵琶を奏でる八の宮の姫君たちを垣間見た薫は、風情ある優雅な姫君たちに心惹かれます。八の宮は留守で、代わりに老女房の弁の君が薫を迎えます。

・薫（二十～二十二歳）・大君（二十二～二十四歳）

薫は心一つにそのことを納めておくことにした

四十五帖「橋姫」の現代語訳一部　与謝野晶子

よく書き終えることもできなかったような乱れた文字でなった手紙であって、上には侍従の君へと書いてあった。

蠹（しみ）の巣のようになっていて、古い黴（かび）臭い香もしながら字は明瞭（めいりょう）に残って、今書かれたとも思われる文章のこまごまと確かな筋の通っているのを読んで、実際これが散逸していたなら自分としては恥ずかしいことであるし、故人のためにも気の毒なことになるのであった、こんな苦しい思いを経験するものは自分以外にないであろうと思うと薫の心は限りもなく憂鬱（ゆううつ）になって、宮中へ出ようとしていた考えも実行がものうくなった。

四十五帖「橋姫」の原文

◆紫式部◆

書きさしたるやうに、いと乱りがはしうて、「小侍従の君に」と上には書きつけたり。紙魚といふ虫の棲み処になりて、古めきたる黴臭さながら、跡は消えず、ただ今書きたらむにも違はぬ言の葉どもの、こまごまとさだかなるを見たまふに、「げに、落ち散りたらましよ」と、うしろめたう、いとほしきことどもなり。

「かかること、世にまたあらむや」と、心一つにいとどもの思はしさ添ひて、内裏へ参らむと思しつるも、出で立たれず。

四十六帖　椎本

「椎本（しいがもと）」のあらすじ――八の宮は「軽々しい結婚はするな」と遺言し、亡くなってしまいます。薫は姉妹たちを世話しながら彼の遺志を守ります。

宇治の姫君に興味のある匂宮は、二月の長谷寺の初瀬詣の帰り、宇治にある夕霧の別荘に立ち寄ります。宇治川を挟んだ対岸にある八の宮邸にも匂宮や薫たちの奏でる管弦の音が響き、八の宮は昔の宮中での華やかな日々を思い出します。翌日、八の宮から薫に歌が届けられましたが、匂宮が代わりに歌を返しました。

匂宮は帰京後もしばしば宇治に歌を送るようになり、八の宮は中の君に返歌を書かせていました。

秋になり、八の宮は姫君たちに、信頼できる身分の高い男性と縁組をするよう伝え、薫に再度後見を託し、宇治の山寺の阿闍梨のもとへ参籠に出かけ病気になり、そのまま亡くなります。極楽往生のためと、阿闍梨は八の宮の亡くなる前にも後にも姫君たちとの対面を許さず、姫君たちの悲しみは深まるばかりでした。

冬の雪の日、薫は宇治の大君を訪れ、匂宮と中の君の縁談を持ちかけさらに自らの恋心も打ち明けますが、大君にはぐらかされます。

春、匂宮の中の君への思いはますます募るようになります。一方、薫は、自らの三条の宮が火事になり、後始末に追われ宇治から足が遠ざかります。

夏になり久しぶりに宇治を訪れた薫は、御簾の間から偶然姫君たちを垣間見て、大君の美しさにますます想いを募らせます。

・薫（二十三〜二十四歳）・夕霧（四十九〜五十歳）・匂宮（二十四〜二十五歳）

姫君がたの心には朝霧夕霧の晴れ間もなく歎(なげ)きが続いた

四十六帖「椎本」の現代語訳一部　与謝野晶子

夜が明けたのであると思っているところへ、寺から人が来て、

「宮様はこの夜中ごろにお薨(かく)れになりました」

と泣く泣く伝えた。その一つの報(し)らせが次の瞬間にはあるのでないかと、気にしない間もなかったのであったが、いよいよそれを聞く身になった姫君たちは失心したようになった。あまりに悲しい時は涙がどこかへ行くものらしい。二人の女王(にょおう)は何も言わずに俯伏(うつぶ)しになっていた。父君の死というものも日々枕頭(ちんとう)にいて看護してきたあとに至ったことであれば、世の習いとしてあきらめようもあるのであろうが、病中にお逢いもできなかったままでこうなったことを姫君らの歎くのももっともである。

四十六帖「椎本」の原文

◆紫式部◆

「明けぬなり」と聞こゆるほどに、人びと来て、

「この夜中ばかりになむ、亡せたまひぬる」

と泣く泣く申す。心にかけて、いかにとは絶えず思ひきこえたまへれど、うち聞きたまふには、あさましくものおぼえぬ心地して、いとどかかることには、涙もいづちか去にけむ、ただうつぶし臥したまへり。

いみじき目も、見る目の前にておぼつかなからぬこそ、常のことなれ、おぼつかなさ添ひて、思し嘆くこと、ことわりなり。

四十七帖　総角

「総角（あげまき）」のあらすじ――薫が大君に迫り拒絶されます。大君はふさぎ込み、病気になってしまい、やがて死を迎えます。

秋になり、八の宮の一周忌の法要の夜、薫は自らの想いを大君に打ち明けますが、大君はこれを拒みます。

その後しばらくして薫が宇治を訪れた際、大君と薫が結ばれることを願う老女房の弁は、薫を大君の寝所に入るよう手引きしますが、そこに寝ていたのは中の君でした。薫は、大君が事前に察して隠れてしまったことを悲しく思い、その夜は中の君と語り明かします。

薫は、大君の気持ちが自分に向くよう中の君を匂宮と結婚させてしまおうと考え、九月のある夜、匂宮を宇治に連れ出し中の君の寝所へ案内します。薫はそのことを大君に伝え結婚を迫りますが、大君はそれを拒みます。

匂宮は中の君に心を奪われ、厳しい監視の中、三日間中の君の元に通い続けますが、母である明石の中宮に中の君との結婚を反対され、宇治を訪れることが難しくなります。

十月、薫は匂宮を中の君に会わせるため宇治川での紅葉狩りを催しますが、盛大になりすぎ、かえって会うことが難しくなってしまいました。匂宮の父である帝は、匂宮の遠出を禁じ、夕霧の六の君との結婚を取り決めてしまいます。

様々な心労から病に臥していた大君は、匂宮と六の宮とのことを知りますます衰弱し、薫の懸命の看病もむなしく亡くなってしまいます。

薫は深く悲しみ、宇治に籠って喪に服します。明石の中宮は、薫がここまで執心した人の妹ならばと思い直し、中の君を匂宮の妻として二条院へ迎えることを認めます。

・薫（二十四歳）・大君（二十六歳）・匂宮（二十五歳）・中の君（二十四歳）

自分もともに死にたいとはげしい悲嘆にくれた

四十七帖「総角」の現代語訳一部　与謝野晶子

見ているうちに何かの植物が枯れていくように総角（あげまき）の姫君の死んだのは悲しいことであった。引きとめることもできず、足摺り（あしずり）したいほどに薫は思い、人が何と思うともはばかる気はなくなっていた。臨終と見て中の君が自分もともに死にたいとはげしい悲嘆にくれたのも道理である。涙におぼれている女王を、例の忠告好きの女房たちは、こんな場合に肉親がそばで歎くのはよろしくないことになっていると言って、無理に他の室へ伴って行った。

源中納言は死んだのを見ていても、これは事実でないであろう、夢ではないかと思って、台の灯（ひ）を高く掲げて近くへ寄せ、恋人をながめるのであったが、少し袖（そで）で隠している顔もただ眠っているようで、変わったと思われるところもなく美しく横たわっている姫君を、このままにして乾燥した玉虫の骸（から）のように永久に自分から離さずに置く方法があればよいと、こんなことも思った。

四十七帖「総角」の原文　◆紫式部◆

引きとどむべき方なく、足摺りもしつべく、人のかたくなしと見むこともおぼえず。限りと見たてまつりたまひて、中の宮の、後れじと思ひ惑ひたまふさまもことわりなり。あるにもあらず見えたまふを、例の、さかしき女ばら、「今は、いとゆゆしきこと」と、引き避けたてまつる。

中納言の君は、さりとも、いとかかることあらじ、夢か、と思して、御殿油を近うかかげて見たてまつりたまふに、隠したまふ顔も、ただ寝たまへるやうにて、変はりたまへるところもなく、うつくしげにてうち臥したまへるを、「かくながら、虫の殻のやうにても見るわざならましかば」と、思ひ惑はる。

四十八帖　早蕨

「早蕨（さわらび）」のあらすじ——宇治まで遠くてなかなか会えないため、匂宮は中の君を京都に迎えます。

春になり、例年と同じように宇治山の阿闍梨から中の君へ、蕨や土筆が届けられます。

中の君が二条院へ移るにあたり、後見人の薫は上京の準備を進めます。中の君には大君の面影があり、薫は匂宮の元へ嫁ぐ中の君を今更ながら惜しく感じます。女房たちは上京を喜びましたが、老女房の弁は尼になり宇治に残りました。

二条院には調度品が揃えられ、匂宮から手厚く迎えられます。六の君を匂宮へ嫁がせることが叶わなかった夕霧は、六の君の裳着を行い、今度は薫と縁組させようとします。

・薫（二十五歳）・匂宮（二十六歳）・夕霧（五十一歳）

どうすればよいかとばかり煩悶する中の君であった

四十八帖「早蕨」の現代語訳一部　与謝野晶子

薫自身は山荘の人の京へ立つのが明日という日の早朝に訪ねて来た。例の客室にはいっていて、月日が自然に恋人と自分を近づけていき、妻とした大姫君を、今度の中の君のようにして京へ迎えることを、自分のほうが先に期していたのであったと思い、大姫君の生きていたころの様子、話した心を思い出して、絶対に自分を避けようとはせず、もってのほかなどと自分をとがめるようなことはなかったのに、自分の気弱さからついに友情以上のものをあの人にいだかせずに終わったと考えると、胸が痛くさえなるほどに残念であった。

四十八帖「早蕨」の原文 ◆紫式部◆

みづからは、渡りたまはむこと明日とての、まだつとめておはしたり。例の、客人居の方におはするにつけても、今はやうやうもの馴れて、「我こそ、人より先に、かうやうにも思ひそめしか」など、ありしさま、のたまひし心ばへを思ひ出でつつ、「さすがに、かけ離れ、ことの外になどは、はしたなめたまはざりしを、わが心もて、あやしうも隔たりにしかな」と、胸いたく思ひ続けられたまふ。

四十八帖　早蕨

コラム　髪は年に数回しか洗わない！

平安時代、女性の髪は長ければ長いほど美しいと言われていました。しかし、髪が長すぎると洗うのも一苦労です。

平安時代の貴族は陰陽師の占いをもとに行動していて、洗髪にも吉日を選びます。第五十帖「東屋」で、匂宮が中の君を訪ねたところちょうど髪を洗っていて、女房が「今日過ぎば、この月は日もなし、九、十月は、いかでかはとて、仕まつらせつるを」と伝えるシーンがあります。

「今日を逃すと、九月も十月も吉日がない」ということは、おそらく年に数回しか髪を洗える日がなかったことでしょう。

どのように洗うかというと、女房が朝早くから「泔（ゆする）」と呼ばれる米のとぎ汁を使って髪をゆすぎます。

米のとぎ汁は、髪にツヤを与え早く伸ばす効果があるといわれていました。洗ったあとは横になり、厨子の上に洗った髪を乗せ、風通しをよくした上で火桶に火をおこして乾かしました。

また香を焚き、髪に香りをつけました。このように、当時の洗髪は一日がかりの大仕事でした。

ちなみに、第六帖の「末摘花」で、源氏は末摘花の容貌に驚き絶望しますが、「頭つき、髪のかかりはしも、うつくしげにめでたしと思ひきこゆる人びとにも、をさをさ劣るまじう」と、頭の形と髪だけは美しい人に劣っていないと褒めています。

四十九帖　宿木

「宿木（やどりぎ）」のあらすじ——薫が中の君に求愛しますが、途中で諦めます。中の君は匂宮の子を産みます。

今上帝は、娘である女二の宮が、母である女御を亡くし後見人のないことを心配し、薫に嫁がせようと考えます。薫は亡き大君を忘れられないまま、仕方なくそれを受け入れます。

夕霧は、娘の六の君をやはり匂宮に嫁がせたいとの思いが強くなり、明石の中宮も巻き込み説得し、匂宮はついにこれに応じます。気の進まないまま婚礼の日になりますが、対面した六の君はとても美しい姫君で、匂宮は夢中になっていきます。

時は過ぎ、中の君に若君が誕生します。

・薫（二十四～二十六歳）・匂宮（二十五～二十七歳）・中の君（二十四～二十六歳）

「あなたは生きていたではありませんか」

四十九帖　「宿木」の現代語訳一部　与謝野晶子

尼君に恥じて身体(からだ)をそばめている側面の顔が薫の所からよく見える。上品な眸(め)つき、髪のぐあいが大姫君の顔も細かによくは見なかった薫であったが、これを見るにつけてただこのとおりであったと思い出され、例のように涙がこぼれた。弁の尼が何か言うことに返辞をする声はほのかではあるが中の君にもまたよく似ていた。心の惹かれる人である、こんなに姉たちに似た人の存在を今まで自分は知らずにいたとは迂闊(うかつ)なことであった。これよりも低い身分の人であっても恋しい面影をこんなにまで備えた人であれば自分は愛を感ぜずにはおられない気がするのに、ましてこれは認められなかったというだけで八の宮の御娘ではないかと思ってみると、限りもなくなつかしさうれしさがわいてきた。

四十九帖「宿木」の原文

◆紫式部◆

尼君を恥ぢらひて、そばみたるかたはらめ、これよりはいとよく見ゆ。まことにいとよしあるまみのほど、髪ざしのわたり、かれをも、詳しくつくづくとしも見たまはざりし御顔なれど、これを見るにつけて、ただそれと思ひ出でらるるに、例の、涙落ちぬ。

尼君のいらへうちする声、けはひ、宮の御方にもいとよく似たりと聞こゆ。

「あはれなりける人かな。かかりけるものを、今まで尋ねも知らで過ぐしけることよ。これより口惜しからむ際の品ならむゆかりなどにてだに、かばかりかよひきこえたらむ人を得ては、おろかに思ふまじき心地するに、まして、これは、知られたてまつらざりけれど、まことに故宮の御子にこそはありけれ」

と見なしたまひては、限りなくあはれにうれしくおぼえたまふ。

五十帖　東屋

「東屋（あずまや）」のあらすじ――薫が亡き大君に似た浮舟に関心を持ち、彼女を宇治の隠し妻として迎えます。

浮舟は、宇治の八の宮とその女房であった中将の君との間に生まれた娘で、八の宮には認知されていませんでした。中将の君はその後常陸介と再婚し、子を多くもうけますが、常陸介がひとりだけ継子である浮舟を疎んでいたこともあり、中将の君は、浮舟の良縁を願っていました。

浮舟は、左近の少将と婚約しますが、常陸介の財産目当てであった左近の少将は、浮舟が常陸介の継子であることを知り、実の娘である妹に乗りかえ結婚します。

晩秋の夜、浮舟の隠れ家を訪ねた薫は、一夜を共にします。その後、薫は浮舟を宇治に住まわせることにしました。

・薫（二十六歳）・浮舟（二十一歳）

山荘へこのまま隠しておこうと思うようになった

五十帖「東屋」の現代語訳一部　与謝野晶子

姫君の髪の裾(すそ)はきわだって品よく美しかった。女二の宮のお髪(ぐし)のすばらしさにも劣らないであろうと薫は思った。そんなことから、この人をどう取り扱うべきであろう、今すぐに妻の一人としてどこかの家へ迎えて住ませることは、世間から非難を受けることであろうし、そうかといって他の侍妾(じしょう)らといっしょに女房並みに待遇しては自分の本意にそむくなどと思われて心を苦しめていたが、当分は山荘へこのまま隠しておこうと思うようになった。しかし始終逢うことができないでは物足らず寂しいであろうと考えられ、愛着の覚えられるままにこまやかに将来を誓いなどしてその日を暮らした。

五十帖「東屋」の原文　◆紫式部◆

「髪の裾のをかしげさなどは、こまごまとあてなり。宮の御髪のいみじくめでたきにも劣るまじかりけり」

と見たまふ。かつは、

「この人をいかにもてなしてあらせむとすらむ。ただ今、ものものしげにて、かの宮に迎へ据ゑむも、音聞き便なかるべし。さりとて、これかれある列にて、おほぞうに交じらはせむは本意なからむ。しばし、ここに隠してあらむ」

と思ふも、見ずはさうざうしかるべく、あはれにおぼえたまへば、おろかならず語らひ暮らしたまふ。

五十一帖　浮舟

「浮舟（うきふね）」のあらすじ――匂宮も浮舟のもとに通います。浮舟は板挟みの状況に悩み、絶望し自殺を図ります。

匂宮は二条院で出逢った浮舟のことを忘れられないままでいました。年が明け、匂宮が中の君のもとに届いた文を勝手に読んだところ、浮舟らしき人のことが書いてありました。匂宮は、薫に縁のある大内記に薫の身辺のことを探るよう命じ、薫が浮舟を宇治に住まわせていることを知ります。

匂宮は、ある夜ひそかに宇治を訪れ、薫の声色を真似るなどして女房と浮舟を騙し、浮舟の寝所に入ります。薫ではないことに気づいた浮舟は衝撃を受け動揺しますが、一方で、薫とはちがう匂宮の華やかさや男らしさに惹かれていきます。

その後、三角関係に悩んだ浮舟は自殺を決意します。

・**薫（二十七歳）・匂宮（二十八歳）・浮舟（二十二歳）**

どうなったかわからぬように自分の消えてしまうのがいい

五十一帖「浮舟」の現代語訳一部　与謝野晶子

乳母(めのと)が、「何だか胸騒ぎがしてならない。奥様も悪夢をたくさん見ると書いておよこしになったのだから、宿直(とのい)の人によく気をつけるように言いなさい」

と言っているのを、今夜脱出して川へ行こうとする浮舟は迷惑に思って聞いていた。

「お食事の進みませんのはどうしたことでしょう。お湯漬(ゆづ)けでもちょっと召し上がってごらんになりませんか」

などと世話をやくのを、利巧(りこう)ぶっても老人ふうになってしまったこの女は、自分が死んでしまえばどこへ行くであろうと、そんなことも想像して浮舟は悲しかった。もう寿命とは別にこの世から消えて行こうと思っているとほのめかして乳母に言おうとすると、まず自分自身が驚かされて涙の流れるのを隠そうとすれば、それでものが言えなかった。

五十一帖「浮舟」の原文 ◆紫式部◆

乳母、

「あやしく、心ばしりのするかな。夢も騒がし、とのたまはせたりつ。宿直人、よくさぶらへ」

と言はするを、苦しと聞き臥したまへり。

「物聞こし召さぬ、いとあやし。御湯漬け」

などよろづに言ふを、「さかしがるめれど、いと醜く老いなりて、我なくは、いづくにかあらむ」

と思ひやりたまふも、いとあはれなり。「世の中にえあり果つまじきさまを、ほのめかして言はむ」

など思すに、まづ驚かされて先だつ涙を、つつみたまひて、ものも言はれず。

五十二帖　蜻蛉

「蜻蛉（かげろう）」のあらすじ――行方不明となった浮舟の葬儀が行われます。薫と匂宮は落ち込みますが、やがて再び恋に走ります。

浮舟の姿が見えないので、宇治の屋敷は大騒ぎとなります。事情を知る女房たちは、浮舟が宇治川に身を投げたのではと察します。中将の君と匂宮は、浮舟が亡くなる前に書いた文を読み、驚き嘆き悲しみます。遺骸がないまま、浮舟の衣などを火葬し、葬儀を行います。匂宮は悲しみのあまり、病と称して引き籠ってしまいます。

葬儀の後に浮舟の死を知った薫は宇治を訪れ、女房たちから浮舟がどれほど苦しんでいたかを聞き、浮舟を宇治に来させたことを悔やみ悲しみに暮れます。薫は中将の君を思いやり、浮舟の弟たちの任官の世話をする約束をします。夏になり、匂宮は小宰相の君という女一の宮の女房に興味を抱きます。

・薫（二十七歳）・匂宮（二十八歳）・浮舟（二十二歳）

騒がしい響きを立てる宇治川が姫君を呑んでしまった

五十二帖「蜻蛉」の現代語訳一部　与謝野晶子

浮舟の容姿の愛嬌があって、美しかったことなどを思い出すと、非常に恋しくなり、悲しくなる薫は、その人の生きていた時には、それをそうと認めようとはせずに、たびたび逢いに行こうともせず、寂しい思いばかりをさせて来たのであろうと思う後悔があとからあとからわいてくる。恋愛について物思いの絶えない宿命をになっている自分である、信仰生活を志していながら俗から離れずにいるのを仏が憎んでおいでになるのであろうか、悟らせようとしての方便には未来の慈悲を隠してこんな残酷な目も仏はお見せになるものであると、思い続けて仏勤めをばかりしていた。

五十二帖「蜻蛉」の原文

◆紫式部◆

ありしさま容貌、いと愛敬づき、をかしかりしけはひなどの、いみじく恋しく悲しければ、「うつつの世には、などかくしも思ひ晴れず、のどかにて過ぐしけむ。ただ今は、さらに思ひ静めむ方なきままに、悔しきことの数知らず。かかることの筋につけて、いみじうものすべき宿世なりけり。さま異に心ざしたりし身の、思ひの外に、かく例の人にてながらふるを、仏などの憎しと見たまふにや。人の心を起こさせむとて、仏のしたまふ方便は、慈悲をも隠して、かやうにこそはあなれ」

と思ひ続けたまひつつ、行ひをのみしたまふ。

五十三帖　手習

「手習（てならい）」のあらすじ――浮舟は横川の僧都に助けられています。男女の関係の苦しさから、彼女は出家を選びます。

比叡山から少し離れた横川（よかわ）に、高僧が暮らしていました。その僧の母である大尼君と妹尼君とが長谷寺参詣へ出掛けたところ、大尼君が体調を崩したため宇治の朱雀院の別邸で休養することにしました。別邸に着くと、木の下にうずくまっている若い女性がいました。その娘は宇治川に身を投げた浮舟でした。

浮舟は、意識が戻っても自らの身の上を語らず、出家を望みます。そんな折、妹尼の亡くなった娘の婿であった近衛中将が小野の庵を訪れた際、浮舟を見かけ、その美しさに恋心を抱き言い寄りますが、恋愛などこりごりの浮舟は嫌気がさし出家してしまいます。

・薫（二十七～二十八歳）・浮舟（二十二～二十三歳）

目的とした自殺も遂げられなかった

五十三帖「手習」の現代語訳一部　与謝野晶子

他の女房たちも惜しい美貌(びぼう)の浮舟の君の恢復(かいふく)を祈って皆真心を尽くして世話をした。浮舟の心では今もどうかして死にたいと願うのであったが、あのあぶない時にすら助かった人の命であったから、望んでいる死は近寄って来ず、恢復のほうへこの人は運ばれていった。ようやく頭を上げることができるようになり、食事もするようになったころにかえって重い病中よりも顔の痩(や)せが見えてきた。この人の命を取りとめえたことがうれしく、そのうち健康体になるであろうと尼君は喜んでいるのに、

「尼にしてくださいませ、そうなってしまえば生きてもよいという気になれるでしょうから」

と言い、浮舟は出家を望んだ。

五十三帖「手習」の原文

◆紫式部◆

ある人びとも、あたらしき御さま容貌を見れば、心を尽くしてぞ惜しみまもりける。心には、「なほいかで死なむ」とぞ思ひわたりたまへど、さばかりにて、生き止まりたる人の命なれば、いと執念くて、やうやう頭もたげたまへば、もの参りなどしたまふにぞ、なかなか面痩せもていく。いつしかとうれしう思ひきこゆるに、

「尼になしたまひてよ。さてのみなむ生くやうもあるべき」

とのたまへば、……。

五十四帖　夢浮橋

「夢浮橋(ゆめのうきはし)」のあらすじ――浮舟が尼になったことを知った薫は手紙を送りますが、返事はありません。

薫は横川を訪ね、出家したのは探している女性かもしれないことを僧都に伝えます。僧都は薫の話から事の次第を知り、懇願されたとはいえ浮舟を出家させたことを後悔します。薫は僧都に浮舟のいる小野庵への案内を頼みますが、僧都は浮舟の状況を考え、今は難しいことを伝えます。

薫は諦めきれず、浮舟への文を、浮舟の異父弟である小君に届けさせることにしました。しかし、面会さえも拒絶されてしまいます。

薫の想いは苦しく乱れます。

・薫（二十八歳）・浮舟（二十三歳）

手紙は拡(ひろ)げたままで尼君のほうへ押しやった

五十四帖　「夢浮橋」の現代語訳一部　与謝野晶子

大将は少年の帰りを今か今かと思って待っていたのであったが、こうした要領を得ないふうで帰って来たのに失望し、その人のために持つ悲しみはかえって深められた気がして、いろいろなことも想像されるのであった。だれかがひそかに恋人として置いてあるのではあるまいかなどと、あのころ恨めしいあまりに軽蔑(けいべつ)してもみた人であったから、その習慣で自身でもよけいなことを思うとまで思われた。

五十四帖「夢浮橋」の原文

◆紫式部◆

いつしかと待ちおはするに、かくたどたどしくて帰り来たれば、すさまじく、「なかなかなり」と、思すことさまざまにて、「人の隠し据ゑたるにやあらむ」と、わが御心の思ひ寄らぬ隈なく、落とし置きたまへりしならひに、とぞ本にはべめる。

出典

『全訳源氏物語　上中下巻』（角川文庫）与謝野晶子現代語訳・青空文庫
『大辞林　第三版』（三省堂）
『源氏物語』定家本・明融臨模本・大島本

※原文　角川文庫版『源氏物語』

紫式部年表　（今井源衛『紫式部〈新装版〉』による）

年号	西暦	年齢	事項
天禄元	九七〇	1	藤原為時(ためとき)の次女として誕生。
三	九七二	3	弟惟規(のぶのり)の誕生。母（藤原為信(ためのぶ)の女(むすめ)）、翌年死去。
永観二	九八四	15	父為時、式部丞(しきぶのじょう)となる。
永祚元	九九〇	21	八月、藤原宣孝(のぶたか)（のちの夫）、筑前守(ちくぜんのかみ)となる。
長徳二	九九六	27	父為時、越前守(えちぜんのかみ)となる。 晩秋、越前に行く。
四	九九八	29	春、越前より帰京。 晩秋、宣孝と結婚。
長保元	九九九	30	娘賢子(けんし)、誕生。
三	一〇〇一	32	春、父為時帰京。 四月、夫宣孝、死去。 秋ごろ、『源氏物語』を執筆開始。

寛弘二	一〇〇五	36	十二月二十九日、中宮彰子のもとに出仕。
五	一〇〇八	39	三月十四日、父為時、正五位左少弁蔵人となる。 『源氏物語』が宮中で評判となる。 一条天皇に『日本書紀』を進講し、「日本紀の御局」とあだ名される。 夏、中宮に、『白氏文集』（楽府）を進講。 冬、『源氏物語』の清書・製本化が進む。 この間、中宮の父道長が、局から草稿本を持ち去る。
七	一〇一〇	41	このころ、『紫式部日記』を編集。
八	一〇一一	42	二月一日、父為時、越後守となる。
長和二	一〇一三	44	九月下旬、宮仕えを辞す。 年末、『紫式部集』を編集。
三	一〇一四	45	（一説に）二月ごろ、死亡か。 六月、父為時、越後守を辞任して帰京。
五	一〇一六	47	四月二日、為時、出家（七十歳）。
寛仁三	一〇一九	50	紫式部なお生存か。

1冊の「源氏物語」
光る君のものがたり

2023年12月15日　初版第1刷発行
2024年 3 月15日　　　第2刷発行

著　者　紫式部　与謝野晶子

発行者　笹田大治
発行所　株式会社興陽館
〒113-0024　東京都文京区西片1-17-8　KSビル
TEL 03-5840-7820　FAX 03-5840-7954
URL https://www.koyokan.co.jp

装　丁　長坂勇司(nagasaka design)
校　正　結城靖博
編集協力　稲垣園子
編集補助　伊藤桂　飯島和歌子
編集人　本田道生

印　刷　恵友印刷株式会社
D T P　有限会社天龍社
製　本　ナショナル製本協同組合

Printed in Japan
ISBN978-4-87723-313-6 C0095

『原文完全対訳 現代訳論語』

原文完全対訳
現代訳
論語
孔子
下村湖人
史上最強の
ベストセラー。
生き方と
仕事の教科書
一行
メッセージ
でわかる
「強く賢く生きる」
499
の教え
興陽館

孔子・下村湖人

本体 1,800円+税
ISBN978-4-87723-292-4 C0095

史上最強のベストセラー、生き方と仕事の教科書。原文完全対訳収録。
多くの人の座右の書であり、何度も読み返したい「永遠の名著」。

『論語物語』

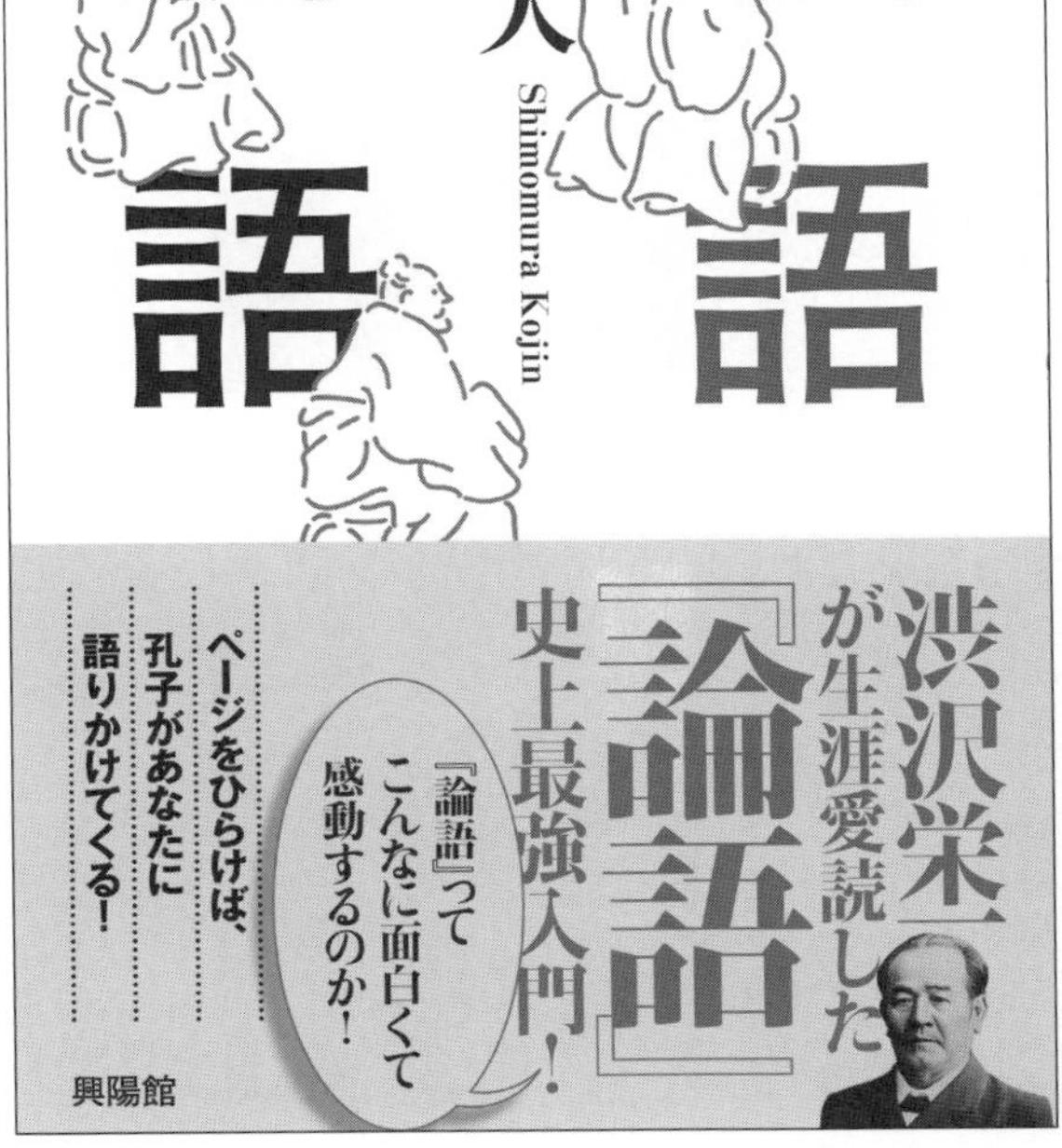

下村湖人

本体 1,000円+税

ISBN978-4-87723-276-4 C0011

あの『論語』をわかりやすい言葉で物語にした名著。
『次郎物語』の下村湖人が、『論語』をひとつの物語として書き残した、
孔子と弟子たちの笑って泣けるショート・ストーリーズ。

『論語と算盤』

渋沢栄一の名著を「生の言葉」で読む。

渋沢栄一

本体 1,000円+税

ISBN978-4-87723-265-8 C0034

日本資本主義の父が生涯を通じて貫いた「考え方」とはなにか。
歴史的名著の原文を、現代語表記で読みやすく!

『好きを生きる』

天真らんまんに壁を乗り越えて

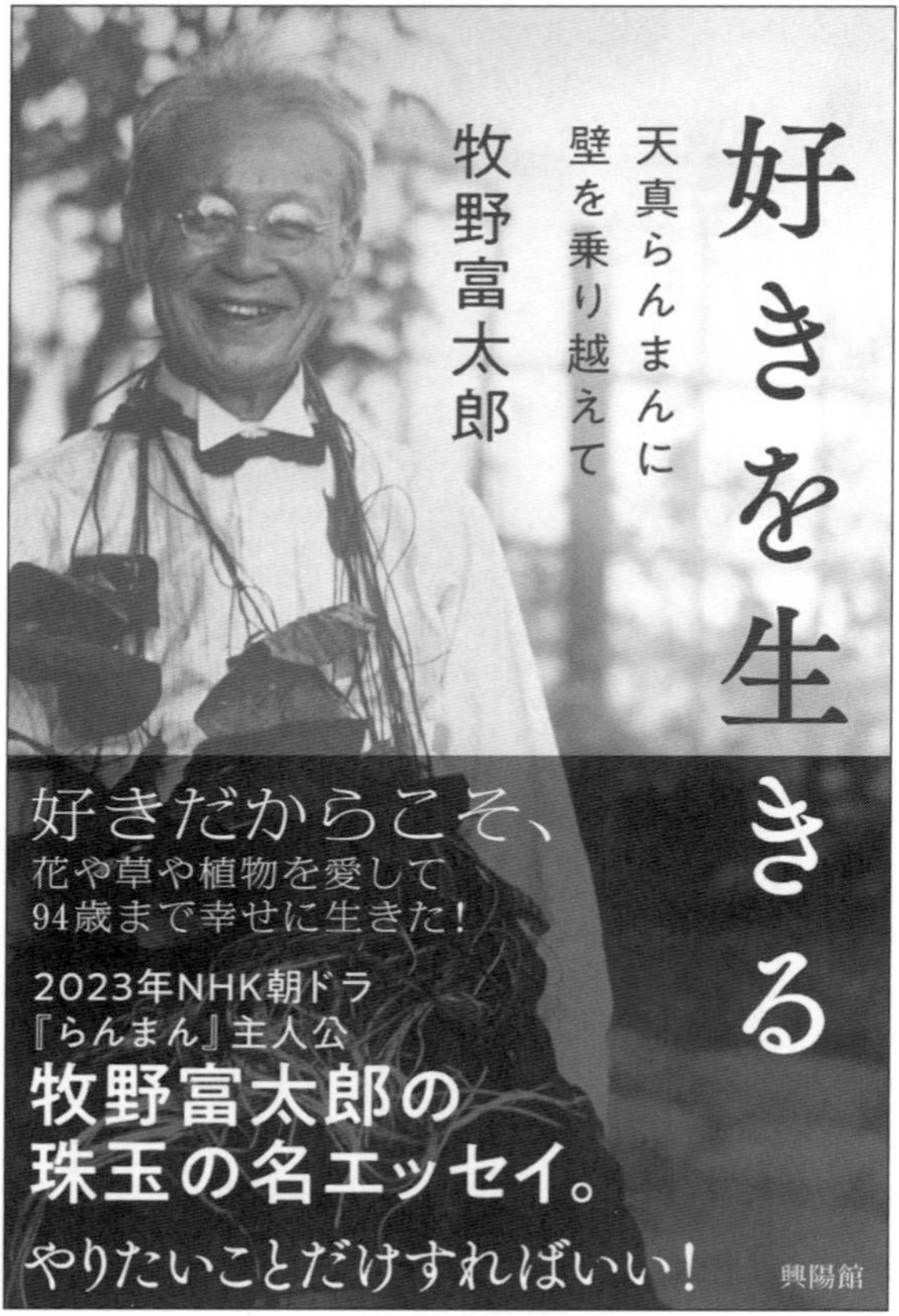

好きを生きる
天真らんまんに
壁を乗り越えて
牧野富太郎
好きだからこそ、
花や草や植物を愛して
94歳まで幸せに生きた!
2023年NHK朝ドラ
『らんまん』主人公
牧野富太郎の
珠玉の名エッセイ。
やりたいことだけすればいい!
興陽館

牧野富太郎

本体1,000円+税
ISBN978-4-87723-301-3 C0095

NHK連続テレビ小説『らんまん』主人公、牧野富太郎の生き方エッセイ第1弾。やりたいことだけすれば、人生、仕事、健康、長寿、すべてがうまくいく。自伝的随筆集。

『笠置シヅ子ブギウギ伝説』

ウキウキワクワク生きる

佐藤利明

本体1,400円＋税

ISBN978-4-87723-314-3 C0095

2023 年 NHK 朝の連続テレビ小説、『ブギウギ』主人公のモデルにもなっている昭和の大スター、笠置シヅ子評伝の決定版！「笠置シヅ子とその時代」とはなんだったのか。彼女の半生を、昭和のエンタテインメント史とともにたどる

『光る言葉』

愛に生きる。

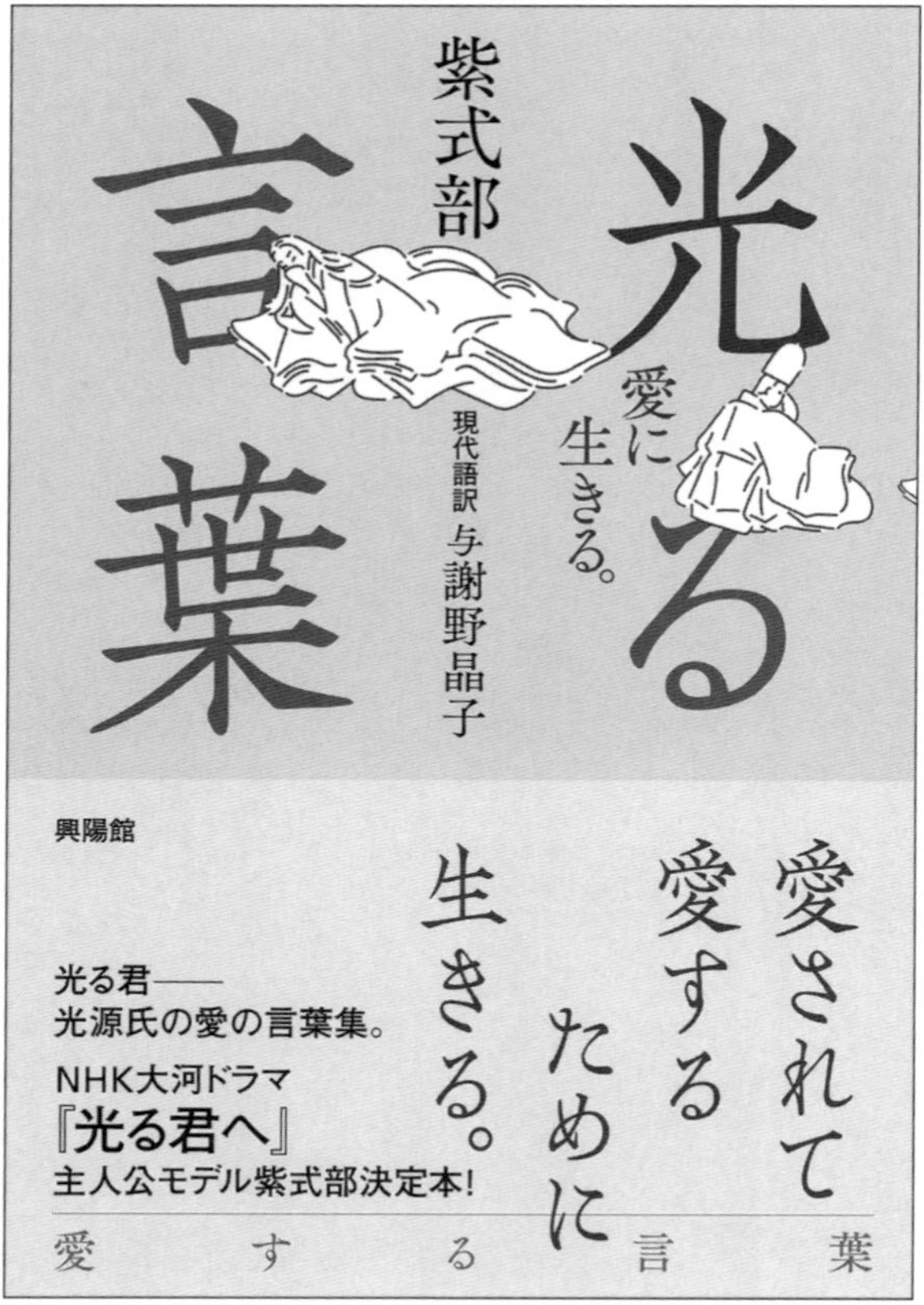

紫式部　[現代語訳]与謝野晶子

本体 1,200円＋税
ISBN978-4-87723-318-1 C0095

24 年 NHK 大河ドラマ『光る君へ』主人公、紫式部の愛する、暮らす、生きる、
集めた言葉集。亡き夫への想い、愛する喜びや苦しみ、矛盾、愛とは何か。
されて愛するために生きる。紫式部の愛の言葉が散りばめられた一冊。